朱国华 著

天花乱坠

上海文艺出版社

朱国华

华东师大教授,《文艺理论研究》主编,中国文艺理论学会会长。曾入选教育部新世纪优秀人才支持计划、教育部长江学者特聘教授,并获宝钢优秀教师特等奖、万人计划"教学名师"称号。出版《文学与权力》等多部著作,亦有随笔集《兄弟在美国的日子》行世。

序 一

如皋虽治于南通，文化实源于扬州，所操语言亦下江官话也。如皋历史悠久、人杰地灵，文人学者代不乏人：擅长辞令之陈矫为曹魏名臣也，吟唱"水是眼波横，山是眉峰聚"之王观乃北宋词人也，著述《闲情偶寄》之李渔是明清才子也。现当代名人不胜枚举，语言文学大家更是星光灿烂：冒效鲁、黄蓓佳诸君文学家是也，董同龢、任铭善教授语言学家是也。朱君国华，主治文学，兼擅语言，蜚声学坛，名重海外，正如皋籍之当代学人也。

北宋如皋胡瑗,世称安定先生,朱君就读小学即名安定,可知乡贤影响至深且远矣;李笠翁创构理论、才高八斗,朱君最爱之,丰赡著述皆属文艺学美学,其学所承当有迹可循也。主政华东师大中文与汉教院之后,朱君演讲藻辞,不胫而走、风靡网络,竟收获粉丝无数。而今裒为一集,名曰《天花乱坠》,嘱余序之,敢不从命,仅以二三言质之朱君与读者。

章实斋有云:"大抵学问文章,善取不如善弃。"善取善弃本指为学而言,若以作文观之,似亦当如此也。不过言之容易、行之则难,取其所当取、弃其所当弃则更难也。朱君之文,所弃不可妄猜,所取则可述之。细读每一篇章,皆能明其所取,愚以为一言以蔽之,思想者之言也。所论书生之责任,振聋发聩;倡导认识之读书,发人深省;号召做个靠谱之人,教导谆谆;主张永远亲近文学,旨在导向自由;鼓吹忠诚于真理,竭力激励勇气;强调沉潜经典,目标澡雪精神;虽知能说的越来越少,然而坚信仁者不忧……

颜之推曾说："凡为文章，犹人乘骐骥，虽有逸气，当以衔勒制之。"行云流水、纵横捭阖，作文者皆羡之慕之而求之，然为文者知"当以衔勒制之"则鲜矣。朱君之文，灿如莲花者举目皆是，愚以为能知其"以衔勒制之"之处才是知音。如言需要"鲁迅先生这样兼济天下的悲悯情怀"，亦不忘来一句也需要"钱钟书先生那样独善其身的高妙智慧"；一边承认"激情、越轨、危险甚至犯错误构成了青春冲动的一部分"，一边又劝告为了赢得顺境而要做一个"谨慎靠谱的人"；既鼓励"艰苦卓绝的奋斗"，又警示"最好别跟风车作战；既说"要坚持主体性的言说勇气"，又坦言"保持沉默也是忠诚于真理"之表现……

朱君此书，以迎新致辞、毕业致辞为主体，兼收会议、同事荣退、晚辈婚礼等场合之发言，可谓即兴演讲之集。阅读讲辞，犹在现场，栩栩如见本尊：内容广涉古今中外、文史哲艺，名人名著名言随手拈来，出神入化;措辞平淡绚烂、庄谐兼备,坦诚率性是其本质,偶有粗鲁却显可爱;方式变化多端、或比或借,似在直言忽又曲致,会心之处常隐狡黠。

阅读至此,对朱君以"天花乱坠"名其集顿有所悟。"天花乱坠"今日常用,且尽人皆知为贬义,即谓言谈虚妄、动听且不切实际也。此语本出佛经,《法华经·序品》载,佛祖讲经,感动天地,诸天各色香花纷纷而坠。如是观之,朱君采用此词之形为书名,盖其另有禅意矣。私意妄揣,不知朱君及读者以为然否?

余生于如皋邻县之兴化,痴长朱君数岁,于丽娃河畔求学则晚其一十六年,邂逅并订交已是本世纪之初矣。余与朱君分治语言与文学,活动范围鲜有重合,成为各自学校中文掌门人之后稍增交集,尽管如此,从未妨碍两人腹心相照:乡音相近之故,抑或好酒之缘,非也!品性豪爽、为人耿介且声气相投也。朱君演讲之集梓行,余乐为之序,谨呈阅读体验如上,请朱君国华雅正,并博读者一粲云尔。

是为序。

华学诚

癸卯中秋于京华之潜斋

序　二

　　至今仍深刻地记得新冠元年的毕业季，于朋友圈里读罢国华先生在华东师大中文系毕业典礼上的致辞，当时枯坐好久，激动难抑，一时间很想跟他表白一句："如果诺贝尔当初设一个演说词奖，那么今年的得主一定是朱国华。"而把《天花乱坠》通读一过，才意识到，国华先生2020年毕业季的那场演说，对他只是常规操作而已。或许他更适合拿刚刚获得第八个金球奖的球王来比拟：国华先生大概率是中国高校演说界的梅西。

《天花乱坠》由此让我触碰到了当代演说词的天花板，或许也将成为这一体式的标尺。如果说，国华先生已然奠立了某种关于演说词的美学原则和诗学模式，这个说法或许不算太过。

既身为理论家，又发表了那么多场演说，我想国华先生对如何写好演说词当有过总体性的思考。演说词本身的功能和性质，决定了它要集公共性、真理性、心灵性、场合性、审美性、感染性、个人性……等等因素于一体，其中任何一种因素或有欠缺，哪怕分寸感稍显不足，都会影响演说词的均衡感、整体性和理想型。也许国华先生的演说词并非每一篇都能臻于理想的至境，达到诸个维度的和谐统一，但总体观之，少有人能出其右。

在网络时代，演说词的公共性不仅表现在只对现场、台下的听众说话，它会在第一时间里借助云上传媒、公众号、自媒体、朋友圈……而迅速播散到更广大的公共领域，在增强了演说的影响力的同时，也须经受舆论空间近乎苛刻的品读和酷评。传播空间的扩大，受众的驳杂，也对演说者提出了前所未有的挑战，而当各路豪杰精彩纷呈的演说词同时刷屏，一方小小的手机屏幕就成为一个微型的竞技场。而国华先生之所以睥睨群雄，或许正在于其演说的均衡度。身为知名高校著名院系的主官，他的演说词必须道成肉身，为自己的学子的成长道路灌注责任感和真理意识；但在维系一种端凝的风格、严正的态度的同时也要考虑演讲的感染力甚至娱乐性；既要诉诸现场的听众以及云端的读者之心灵体悟和感受力，但也往往在注重营养的同时还要避免加入过多的鸡精；它必须有质地坚实的内涵以期带给听众沉甸甸的思考，但它最好也是一篇华彩斐然余音绕梁的美文……这一切，我似乎都在阅读《天花乱坠》的过程中得到了确凿的印证。

而即使我对国华先生心目中关于演说词的理想尺度再说上一万句，他都会认为远不及孔老夫子早已有之的言简意赅："质胜文则野，文胜质则史。文质彬彬，然后君子。"那我只好说，也许没有比《论语》中的这句"文质彬彬，然后君子"能更好地概括我对《天花乱坠》的整体观感了。

如果再多说几句，我想侧重谈谈《天花乱坠》中的"感染性"和"个人性"。唯一一次线上聆听国华先生的演讲，是在毛尖教授主持的华东师大"远读批评中心"的一个活动上，在王安忆、余华两位作家对谈"现实与传奇"之前，是国华先生的致辞，十多分钟听下来，顿生惊艳之感，当时只顾回味他的幽默感，以致不大听得进去接下来两位作家的对谈，心里想的是，即使只听国华先生的致辞，那些"在丽娃河畔的料峭春寒中、在月色笼罩中，等待着次日八点半幸福的领票时光"的"一夜无眠"的同学们也同样会获得满满的幸福感。

因此收到《天花乱坠》的文稿，我首先翻阅的正是这篇《在王安忆、余华对谈会上的致辞》，想即刻重温当初那种"惊为天人"的体验。即使如今在电脑上阅读这篇文字，依然强烈感受到它们十足的感染力和现场感，也依旧慨叹国华先生的演说有一种善于吸引听众注意力的魔力。据说在视频图像声音文字各种类型的信息空前泛滥的今世，"注意力"已经成为一种"经济"，而国华先生的演讲注定要更新关于"注意力经济"的定义。他在开口的一刹那就聚拢了听众的目光、开启了"震动体验"模式，进而在听众的头脑里制造一场风暴。他的演说中有着中国人最不擅长的幽默感，而且往往是那种最高级的冷幽默；他的演说词还以本雅明才能精准形容的灵氛美学著称，就像那篇精绝海上继而远播宇内的《在王安忆、余华对谈会上的致辞》中所说："灵氛就是存在于此时此地、独一无二、不可重复、具有某种神圣性和神秘性的东西，也就是不能被ChatGPT取代的东西。"这或许得益于他的美学专长以及对本雅明的潜心探索。但这一切似乎也都不足以说清楚他的演说词的感染力之所在。我只能说，《天花乱坠》集理想的演说词所应必备的条件于一体，最终淬炼出的是一种他人无法替代的真正独异的个人性。而其背后无疑是一种作为老生常谈的"个人魅力"。

其实我本人远非这个序言的合适人选,至今与国华先生相见也不过四次,晤面交谈的时间加在一起才两个小时,但每次都对国华先生的风采深为折服与叹服。初见国华先生是在华东师大的友人倪文尖教授设宴的饭桌上,那是第一次近瞻国华先生。他在饭桌上那么坐着,即使不说话,也凛然C位,给我的感觉是,传说中的龙头大哥可能就是这种形象。那种感染力、凝聚力、号召力、领导力,是内敛的,也是外射的,举手投足之间,风采俨然。第二次是在北大中文系,国华先生带领他的华东师大中文系的团队来指导工作,席间见识的是国华先生官方会谈的自如样貌。第三次也是他到北大,与在文学讲习所任职的作家李洱教授对话,国华先生没带任何稿子,空手而来,却侃侃而谈,那种机敏、睿智与博通,让我真正体会到了什么是"天花乱坠"。

最近一次见到国华先生,是我去北京南站为他送行，在车站内的一个必胜客餐馆与他聊了近两个小时。他的坦诚相待和娓娓道来使我忘却了餐馆的嘈杂，我在想，国华先生的聊天就是演说，听他聊天，对于我这个不善言辞的人来说似乎能感受到一种魔力，就像在线上听他的演讲；但从另一方面说，他的演讲同时也是聊天，让你感受到的是五四一代散文家所憧憬的"闲话风"的情境，既是具体的对话语境，也是一种审美境界。或许这仍是一个美学家的"道成肉身"。

在国华先生为自己的演说集起的名字背后，那些漫天飞舞的落红中，有没有他更为青睐的花瓣呢？如果我当真向他求证这个问题，我希望听到的回答是："书生的责任感。"或许这才是国华先生作为学者和教师的本色当行和职责所在。因此，如果在他六万余言字字珠玑之中只选出一段文字详加引述，我愿意引用数句他在华东师大中文系 2016 届毕业典礼上的致辞，题目是《书生的责任》："关于我们培养人才的目标，我提到的第一个品质就是社会责任感。""书生的责任是什么？假如农人的职责是耕耘土地，军人的职守是保卫疆土，那么，学人的首要天职就是对于知识的生产、传播和运用，就是对真理的追求、发现和守护。真正的书生应该坚持清明的理性，拒绝与商业逻辑调情，拒绝任何外部压力，为此甘愿接受物质的清贫和精神的寂寞这双重困境。"

我想，作为一介书生的我们还有那些一代代踏入校园又终于离去的学子，如果为自己的一生寻求一面旗帜，或许可以在前引这段话里找到。

最后我想援引林语堂关于何谓理想演说的经典定义："绅士的演讲，应该像女人的裙子，越短越好。"国华先生的演说辞也基本上符合这个规范；而我这篇所谓的序言也自当遵从，以免喧宾夺主。

是为序。

吴晓东
2023 年 11 月 1 日凌晨于京北上地以东

目 录

2016

中文系的传统 ...3
书生的责任 ...9

2017

祝福值得被永恒地重复 ...19
让我们读书吧 ...22
但求畅所欲言，无妨针锋相对 ...28

2018

从今天开始，做一个靠谱的人 ...37

发现自己，认识自己 ...43

极平淡，极绚烂 ...50

2019

好玩的人 ...59

劳动是光荣的 ...63

以浪漫为名 ...67

文学引导我们走向自由 ...70

一个理想主义者的生涯 ...78

新起点的开始与我们的任务 ...88

无常以应物为功，有常以执道为本 ...95

2020

在路上 ...101
忠诚于真理 ...106
漫长的感谢与告别 ...115
澡雪精神、沉潜经典 ...123

2021

与美丽的汉语同行 ...133
"乌托邦"探险 ...144

2022

想象一个未来的世界 ...151
理解失败 ...155
再见,范之先生 ...164

2023

天才总是成群而来 ...171

创意写作的可能性 ...178

仁者不忧 ...182

寻找现代性的他者 ...191

文艺理论前程远大 ...195

后记 ...201

2016

中文系的传统

——华东师范大学中文系系主任就职致辞

尊敬的童书记,同样值得尊敬的各位老师:

下午好!

站在这里,我百感交集。从1986年离开丽娃河畔至今,刚好三十个年头。我当然曾经幻想过返回华东师大,但我从来没有想到我会以这样的方式回来。我们都熟知这样的话:华东师大中文系是蜚声海内外的学术研究重镇,我们也知道,徐中玉先生、许杰先生、齐森华老师曾经做过这个重镇的镇长。徐先生、许先生、齐老师这样的前辈都是一代文化英雄,都是传说中的人物。我有幸做过陈大康老师、谭帆老师的助手，他们二位也都是学术江湖的大牛巨鳄。我早上起来看到镜中的自己，觉得骨相也并不清奇，就叹一口气，问自己：国华兄啊，你学疏才浅，你何德何能，竟然敢染指大位？我的意思是说，我感到压力山大。作为一个大系的主任，我至少有两个硬伤：一个是我其实不善言辞，一到这种公开场合，就和那位英国国王一样，吓得直哆嗦，不知所云；另一个是我对行政事务毫无热情，觉得不如读书教书写书自在好玩。我怀疑自己的行政能力是否符合系主任的岗位要求。

我要感谢全系老师的信任，尤其感谢我的前前任陈大康老师和前任谭帆老师对我的各种教诲和提携。当然也要感谢党，感谢校领导，感谢父母的培养。这是伟大的荣誉，我听说我将来会进入中文系的历史，这当然也是严峻的挑战，干得不好也许会遗臭百年。感谢大家，是你们让我激发了我的勇气，让我将对母校特别是母系的热爱转化为对责任的担当。我可能在某些方面获得了世俗意义的成功,这些小名小利程度多少都是与华东师大相关的。出来混据说都是要还的,我应该尽绵薄之力,报效华师大中文系。

俗话说,新官上任三把火。诸位也许期待,我该推出哪些新的举措。但是,对于本科生、研究生培养该如何改革,人才队伍该如何建设,学科发展如何再上一个新台阶,这些方面,我一句也不想说。为什么呢?从2004年我担任系主任助理到去年3月份我被解除系副主任职务为止,我一直参加了陈大康老师、谭帆老师所领导的行政工作,中文系相关的制度安排,我是亲历者,也是一个参与其中的小兵,有的方面也可能包含了我的一点想法。所以,中文系至少最近十余年来所走的路,其实就是我所赞成的道路。不提出改革创新,关键并不是萧规曹随无所作为,而是不折腾,我们需要休养生息,需要营造一个安静的从容的学术环境和教学环境。

当然,我们也决不能墨守成规,更何况中文系并不处在社会真空之中。那些量化的标准我们该如何应对？这个方面让我们其实还是处在一种内心撕裂状态。理它也不是，不理它也不是。比如说，我们中文学科的教育部排名，上上次是第六名，而上一次是跟别的大学并列第七名。我看了一个数据，我们中文系CSSCI的论文发表数近十年的排名从第九名降低到第十名。我们可以完全不在乎这些标准么？我们掉到第十五名诸位会怎么想？掉到第三十名又会怎么想？完全不理睬这些标准，我们也可能会失去一些资源，最终会损害我们一些利益，比如社会声誉或优质生源。我们也不妨把这些标准视为一些契机，通过这些标准，我们也从一个侧面了解到我们是否存在一些缺失，例如，国际交流这一方面我们失分很多，我们不妨扩大我们国际交流的广度和深度。再比如，利用创一流学科的机会，我们可以组织各二级学科进行外部调研和内部反思，知道我们本学科发展的瓶颈在哪里，我们该如何努力。这些方面，在未来我还希望得到大家的理解与支持。

　　话说回来，我们不应该把这些标准视为学术本身的标准，不该成为这些标准的奴隶。我们应该坚持我们自己的传统。我们的传统是什么？我觉得很难讲。但我可以举三个例子来谈谈我的粗浅理解。有一回刘志基老师接到学生打来的电话，他立即就挂断了，然后迅速打回去。这是为什么呢？是为了替学生省钱。我们有位毕业于外校的老师曾经对我说过，以前我们当学生的时候跟老师在一起吃饭，是我们掏钱；想不到到华东师大当了老师，吃饭的时候还是我掏钱！第二个例子，有一次我跟方克强老师坐校车，由于拥堵，车子停在学校的时候，上课铃刚刚敲响。方老师一直忧心忡忡，反复说：这是他做老师以来第一次迟到！第三个例子是，我们许多青年教师组织了读书会，每周活动一次，并不计入工作量，纯粹是为了学术本身的乐趣。这三个例子可以看出，我们华东师大中文系的传统是有着暖暖的人情美，有着对工作的高度责任感，以及追求真理的热忱。华东师大中文系因此是个美好的地方，我不知道这是否也是我们这里拥有最多高寿老人的最终原因。

我愿向大家作出庄重承诺：我会恪尽职守，会做出一切努力来捍卫这个传统，让我们中文系在正确的道路上越走越好！要做到这一点，我既会跟班子的所有成员保持密切的联系，也会听取诸位老师们的批评和建议，希望得到大家的帮助！

再一次谢谢大家！

书生的责任
——华东师范大学中文系2016届毕业典礼致辞

各位同学、各位家长、各位老师：

下午好！

首先请家长们老师们接受我的歉意，由于众所周知的原因，同学们，在称呼顺序上我把你们放在第一位。今天本来是一个稀松平常的日子，但是因为你们的告别，它一下子获得了历史性的重量。我们的一生，已经经历并将继续经历许许多多的告别：我们诞生的时候，告别了自己母亲的子宫；我们庆生的时候，告别了自己往昔的年轮；我们结婚的时候，告别了自己的单身；我们死去的时候，还将告别这个人世。并不是所有的告别都值得举行如此隆重庄严的典礼。毕业典礼，既属于我们每位同学，属于家长和老师，也属于华东师大，属于我们中文系。在这里，我们一起见证这样一个重要时刻：你们即将告别没完没了的听课、考试与论文，告别笔筒图书馆与华闵食堂，告别樱桃河畔老师们的亲切笑容，告别"闵大荒"小酒馆的沉醉，告别人世间可能最接近乌托邦的集体生活，也可能告别青春本身最后的自由飞扬、激情澎湃和天真浪漫，你们即将走进滚滚红尘，即将融入广阔天地。我非常荣幸作为系主任来给大家献辞，也就是说，进行临别赠言。

但一说到赠言，我却又有点迟疑了。我此时想到了鲁迅对青年的赠言。鲁迅说："青年又何须寻那挂着金字招牌的导师呢？……你们所多的是生力，遇见深林，可以辟成平地的，遇见旷野，可以栽种树木的，遇见沙漠，可以开掘井泉的。问什么荆棘塞途的老路，寻什么乌烟瘴气的鸟导师!"鲁迅反对的是什么样的导师呢?《哈姆雷特》剧中的御前大臣波洛涅斯这样教导他儿子:"倾听每一个人的意见,可是只对极少数人发表你的意见;接受每一个人的批评,可是保留你自己的判断。""不向人借钱,也不借给人钱,借出去往往是人财两空,借进来会叫你忘了勤俭。"事实上,像波洛涅斯这样的导师无所不在。我们一上微信,就可以看到排山倒海的心灵鸡汤试图填满我们大脑的内存条。这些鸡汤当然都是让人舒服的美味,但全都是关于保身全生的道理。我们该谋划如何让自己身体好、家庭好、工作好、福利好、待遇好?这样的事情,既然已经讨论太多,我这里一句也不想说。鲁迅在《〈呐喊〉自序》中解释了自己为何究竟还是进行了写作,他说,自己"不免呐喊几声,聊以慰藉那在寂寞里奔驰的猛士,使他不惮于前驱"。所以,遵从鲁迅的教导,我也要喊两声,为的是给未来的人生道路上踽踽独行的你们打气。我想要说的是书生的责任感。

我们刚刚完成了学科评估的填表工作，我系学科简介是我执笔的。关于我们培养人才的目标，我提到的第一个品质就是社会责任感。同学们！我们华东师大曾经是985、211学校（现在国家取消了这个称号），曾经得到国家和上海市的重点支持，我们中文学科在全国位居前列，是学校优先建设的学科。你们是十分幸运的！但是，你们受惠于中文系教育资源与学术环境的地方越多，就越该对我们国家、我们的纳税人充满感激，就越该产生报效祖国与人民的冲动。

书生的责任是什么？假如农人的职责是耕耘土地，军人的职守是保卫疆土，那么，学人的首要天职就是对于知识的生产、传播和运用，就是对真理的追求、发现和守护。真正的书生应该坚持清明的理性，拒绝与商业逻辑调情，拒绝任何外部压力，为此甘愿接受物质的清贫和精神的寂寞这双重困境。这并不是说我不鼓励大家过好日子，而是说，任何幸福生活都应该以忠诚于真理为基本条件。我们华东师大中文系出身的书生能否将它视为一个最起码的责任承诺呢?这是我的期盼。我还想说,仅止于此,还有所不足。"躲进小楼成一统,管他春夏与秋冬",与喧嚣尘世相隔绝,潜心于精神的一亩三分地,虽然保持逍遥抱一的超尘脱俗姿态很优美,但是我们仍然需要干预现实的深刻激情与道德勇气。只是为经营自己的个人事业而患得患失的人,不过是自耕农式的一曲之士,或者是所谓"精致的利己主义者",难以倾听天风海雨的急切呼唤;在荒江野村里两三人商量培养之事,如果没有济世之志为依托,难免不堕入自娱自乐的智力游戏。今天,我们不仅仅需要钱钟书先生那样独善其身的高妙智慧,我们更需要鲁迅先生这样兼济天下的悲悯情怀。

同学们!我们处在社会的转型期。市场经济的急剧发展为我们带来了巨大的财富,但与此同时,商品意识也变成了无孔不入的普遍性宗教。资本与权力的狼狈为奸,导致了普遍性的礼崩乐坏。然而,精神空间的毒化,不应该是我们回避这个社会的理由,反而正是我们介入社会、批判丑恶的条件。孔子说，士不可以不弘毅。我们应当从我们所读之书中汲取精神资源，无论是科学意义上大胆的怀疑精神、批判立场，还是人文价值上对于人类的不平等、对于黎民百姓的孤苦无告、对于社会仁爱的匮乏的深切同情。为天地立心，为生民立命，为万世开太平，这是中国古代知识分子的理想，今天的书生也应责无旁贷。

但是，保持书生的书卷气并不意味着在现实领域贯彻书生气的意志。红色高棉的最高领袖是一群说法语的柬埔寨知识分子，他们的高远理想却造成了万劫不复的人间惨剧。作为书生，我们往往与符号世界而非现实世界打交道，符号世界要求我们的理念尽善尽美，我们往往不需要直接面对理念转变成现实的社会后果，这就容易产生严重误判。要拒绝书生气，就必须在社会互动中、在实践过程、在微观空间中获取认知，审慎判断，切实行动。我们既要仰望星空，也要脚踏实地。

孔子又说，任重而道远。有关书生的责任，是我对诸位同学提出的一个期待，也是我经常反思自我的一个动力。这不可以一蹴而就，它应该引导我们贯穿整个人生。这方面，徐中玉先生是我们难以企及的一个光辉榜样，在他百岁之际，他将他的毕生积蓄一百万捐献给了中文系。

人们说：天下没有不散的筵席，但是华东师大的盛宴是不会消散的。同学们！其实你们不会跟华东师大告别，用前天陈群校长的话来说，你们就是华东师大，用莱布尼兹的术语来说，你们就是一个个自由飞舞的华东师大的单子。因为华东师大不仅仅意味着丽娃河和樱桃河，意味着1951年以来的历史，意味着徐中玉先生、钱谷融先生这样的名师，也意味着你们，意味着每一个她所培养的学生。既然我们永不分离，那么，让我们共同祝愿：愿华东师大的明天更美好！

谢谢大家！

2 0 1 7

祝福值得被永恒地重复
——殷越、李晓杨证婚词

尊敬的新郎、新娘,尊敬的各位亲友、各位嘉宾:

大家好!

今天是殷越先生和李晓杨小姐百年好合的良辰吉日。我是朱国华,是殷越先生的姑父,今天,我受新郎新娘和他们父母亲的委托,担任他们的证婚人。这让我既感到荣幸,又感到忐忑。之所以感到荣幸,当然是因为对我们这种升斗小民,人生的高潮莫过于婚礼,我能够以特殊身份见证这样一个神圣的时刻,是非常激动和自豪的;之所以感到忐忑,是因为二十多年前，我也曾经做过一次失败的证婚人。望着前来参加婚礼的黑压压的人群，我不知如何是好，就大喊一声说大好时间到了，大家可以吃了！我至今还难以忘记亲友们尴尬的神色。不过我当证婚人的失败丝毫没有影响那个婚姻的成功，那时候的新郎新娘就是殷琦先生、吕国华小姐，想必大家都认识。

殷越，我好像可以说，是看着他长大的。闭上眼睛，脑子里面还是个阳光开朗、聪明活泼、永远不会疲倦、永远也不会哭闹的小毛娃，弹指一挥间，已经变成了英俊少年。他继承了他父亲的幽默感，和他母亲的善良，已经成熟到可以建立一个美满的家庭了。我说美满的家庭，是指我的直观印象。殷越伟岸挺拔，看上去一般人是不敢欺负的，但是在小鸟依人的李小杨面前，我觉得他忽然也变得细声慢语，柔情似水起来了。新郎新娘，在恰当的年华里遇到了恰当的人，在今天这个恰当的日子里，开始一段通向百年的恰当的婚姻，这真是美好的事情。其实所谓幸福，不就是做恰当的事么？

当然，作为长辈，我想对这对新人表达一下我对婚姻的看法。从理想的角度来说，所有的婚姻都是失败的。假如我们愿意现实地承认这一点，我们倒反而可能会取得婚姻的成功。我的意思是说，家庭可能是最不适合讲道理的地方，倒反而是不断妥协和让步的地方。我比较小气，没有什么礼物送给你们，就把这个体会送给你们吧，希望对你们有用。

千百年来，所有的婚礼祝福词都是陈词滥调，这些陈词滥调之所以不断被重复是因为它们值得如此，因为有些人类愿望是永恒的。所以，最后的最后，让我们祝福这对新人，白头偕老，百年好合，早生贵子，最好龙凤呈祥！二位，只能请你们加油！有些事情别人是帮不上忙的。谢谢！

让我们读书吧

——华东师范大学中文系2017届毕业典礼致辞

同学们、家长们、老师们、朋友们：

大家上午好！

首先祝大家顺利完成学业，走向人生新的航程！

又到了唱毕业歌的时刻，不管我们愿不愿意，作为华东师大中文系系主任，此时此地，我必须跟你们说几句。我说不管"我们"愿不愿意，"我们"首先是指诸位。一个年纪比较资深的人对你们说的话，如果我当面问你们，你们肯定出于礼貌，会认为是有价值的，但是私下里，也许认为是毫无价值的；因为我们的人生道路和成长轨迹不同,所以对我有用的经验,对你们可能就是屠龙之技。"我们"也指我本人。因为我能够说的,不过是老生常谈。我母亲常常教导我说,衣服是新的好,朋友是老的好。我希望这些老生常谈能够成为我们共同的朋友。

同学们!毕业季是感情动员的最佳时机,是我们的脆弱最容易暴露的时刻。我的一位访问学者告诉我,她虽然不是华东师大的毕业生,但是昨天在观赏我们学校毕业典礼的仪式时,她一度也泪眼婆娑。在告别母校之际,这样的留恋之情无疑是真挚动人的。我想最近你们已经由于各种场景或缘由而多次感物伤怀,我这里就不必增加一枚催泪弹了。此时我想要说的,是想讲个道理,也就是读书的道理。

我想追问一个陈芝麻烂谷子的老问题:我们为什么要读书?其实这个问题有好多回答。古人云:"万般皆下品,惟有读书高。"读书是个高雅、高贵、高尚,总之是个高级的事情。那读书高在哪里呢?古人又云了:"书中自有黄金屋,书中自有颜如玉。"在古代,科举考试可以使得寒门子弟能够获得平步青云的终南捷径。古往今来,对许多人来说,读书不过是敲门砖,是博取功名的手段。今天,许多人读书不过是为了获取学位头衔或资格证书,从而证明自己具有某种文凭所担保的某种能力,或者是为了学以致用,读书是为了将学习到的书本知识转化为现实利益。这其实是功利的读书。"功利"这个词在汉语里好像不大好听,中国的主流文化,尤其道家佛家对功利都有一些排斥,但其实人都处在现实的功利关系之中,能够功利地读书,尤其是像某位伟人那样说"为中华之崛起而读书",那当然是值得高度肯定的。

功利地读书,也就是将读书视为手段而非目的的读书可能是好的,但是,非功利地读书可能是更加贴近读书人性情的。在我看来,非功利地读书也至少有两种,一种是享乐主义的。陶渊明说:"好读书,不求甚解。每有会意,便欣然忘食。"黄庭坚说:"三日不读书，便觉语言无味，面目可憎。"这样的读书，并没有外在目的，不是为了水平考试，不是为了写论文，不是为了学会实用本领，而只求读书过程本身的快乐，只求读书时与写书人心有灵犀一点通，只求读书时与书中人一同悲欢歌哭，也就是说，将读书视为一种高级的消遣、休息和娱乐。这样的读书也可以称之为审美主义的，我们含英咀华，目击道存，我们澡雪精神，提升了精神修养与人生境界，感到天地与我并生，万物与我为一。难道还有比这个更好的读书方式么？

我推荐的是另一种读书方式。不是为了寻求读书之外的用处，也不是为了满足我们的想象和欲望，而是为了认识自我与社会，为了理解客观世界。这种读书方式是禁欲主义的，是有难度的，是没有泪水与温度，没有感性愉悦的读书，是对我们的固有观念带来挑战和质疑的读书。这样的读书，也常常是对经典的批判性阅读与思考，因为所谓经典，难道不就是供奉在书架最显眼处，一次次捧起却又一次次放下的那些书么？

　　无论是功利的，审美的，还是认识的读书，只要是读书，在我看来都是美好的事。无论读书给我们带来实际效用，还是带来感性愉悦，都比打麻将要高级。我之所以特别推荐旨在认识的读书，只不过是因为世间多的是功利的或消遣的读书，而缺少的是理性沉思的那种读书。我们这个民族太容易感动，太容易眼睛饱含泪水，太容易怜悯弱者，而不爱艰苦思考，不爱追求真理。

　　同学们！自从你们进入了华东师大中文系，你们就已经是读书人了。读书人，是你的身份，也是你的命运。对一个读书人，束书不观，游谈无根是可耻的，哪怕你已经获得学位，哪怕你已经脱离开文化圈。请保持在参加《专书导读》的课程、读书会和研究生论坛时的读书热情吧，请将在华东师大读书时培养的读书性情维持终身，请记住：让你爱上读书，这也许是华东师大中文系对你的最大赠礼！

人类最重要的精神财富绝大部分保留在书籍中，书告诉我们人类曾经思考的极限。书打开了过去、现在和未来的世界，书打破了我们此时此地存在的有限性，书里面活跃着无数伟大的活着的灵魂，向我们发出永不过期的邀请。

孔子云："朝闻道，夕死可矣。"生命不息，读书不止。让我们读书吧。

谢谢大家！

但求畅所欲言，无妨针锋相对
——"双一流"建设与中国语言文学学科发展高峰论坛上的致辞

各位老师，各位朋友：

上午好！

我是朱国华，是华东师范大学中文系的系主任，今天会议承办方的代表。我最怕大会发言，更怕在今天这样一个大咖云集的重要场合讲话，而且我也没法找到1982年的拉菲酒，喝了可以压压惊。所以我可能不知所云。各位都是一流学科的一流人物，是中国语言文学的定义者和守护者。你们都是精英中的精英，都是行走的文曲星，你们的到来，照亮了华东师大的天空，让此时此刻的华东师大顿时显得光彩夺目。请允许我代表华东师范大学中文系，热烈欢迎各位的到来！

刚才王庆华书记已经对与会专家作了最简短的介绍，梅兵校长作为主办方的代表，也表达了对与会专家的欢迎和对这次会议的支持，我看到了很多我所仰慕的前辈，也看到很多新雨旧知，心潮澎湃。各位教授往往既是学界领袖，又是行政领导，加上还需要从事繁重的科研工作，能够拨冗前来参加此次会议，必然克服了许多困难。有些教授，例如徐兴无老师、张新科老师，此时此刻还在南京、西安致辞，下午会专程赶来参加我们的会议，真是令人感动。这里我再一次向大家鞠躬致意，以表达对大家的感谢之情！

关于华东师大，可能大家已经非常熟悉了。这里我照例还要简单介绍一下。我们中文系的特色我个人的看法可以说有三方面：第一，是寿星多。我系退休教师九十岁以上的老人，有二十余人。我有一次去看望我的老师黄世瑜教授，黄老师忧心忡忡地说，能不能以后我们不要提这个事情了。搞得来我们压力很大，活不到九十岁就觉得是拖中文系后腿。顺便说一句，黄老师是陈引驰教授的亲妈。第二，学术平台多，就是全国一级学会有四个，期刊有八家，其中六家是CSSCI刊物，一家是CSSCI扩展版。第三，华东师大中文系内部氛围好，徐先生百岁之际有捐赠百万的壮举，钱先生是出名的性情中人，反应敏捷。我陪他下棋，赢了他被批评，说不尊重老人，输了，他说我本来就赢不了他，没资格说我让他。去医院看他，要求我只能呆五分钟，然后立即下逐客令。我的前任谭帆教授，他的性格是儒雅而不失机智，我的前任的前任陈大康教授，他的性格是机智而不失儒雅，所以我们中文系的风气是比较爱开玩笑的，爱斗智舌战的。凡事如果有一个幽默的态度，就不会出现太多鸡飞狗跳的窘境。

前天，教育部、财政部和发改委正式公布了"双一流"大学名单。华东师大中文系召开此次会议可谓适逢其时。既然"双一流"建设已经拉开序幕，我们有很多困惑，当然需要向各位学术界的领军人物请益了。当然，另一方面，华东师大中文系一直致力于搭建中国语言文学学科交流的平台，我们希望能够打破二级学科的壁垒，打破学校之间的壁垒，促进中国语言文学学科内部的对话与交流，营建具有可见性的中文学科的学术共同体。关于"双一流"，教育部有教育部的高瞻远瞩，我们当然应该认真学习、理解、消化并且坚决贯彻落实，不宜妄议；但是作为中文学科的从业人员，我们可能也有从实际出发的一些想法。例如，我们会思考这样一些问题：如何想象"双一流"建设给我们中文学科带来的机遇与挑战？如何在"双一流"建设过程中强化中文学科的人才培养与社会服务？如何理解国际视野与历史语境中的中文学科的学术研究与教学实践？对这些问题的讨论，可能会帮助我们对我们躬逢其盛的"双一流"建设达到一个更好的认识。如果能够形成某些共识，也许可以贡献给有司，供上级部门决策时参考，从而形成良性互动。不管怎么说，我们希望以这次会议为新的起点，推动这类交流平台建设持久运作，希望我们还可以举办第二次、第三次以至于无穷次。当然我们也无意垄断这样的平台，也希望兄弟院校有意为建设这样的平台添砖加瓦。

今天我们这个会，议题重大，使命光荣，问题复杂，头绪众多，但由于会期只有一天时间，为保证与会代表能够比较充分地发表见解，所以分两个会场同步进行。两个会场的发言随机分配，讨论的是同样的主题。具体的环节安排和发言顺序已显示在会议手册中，当然不排除有一些临时的微调。排名以音序分先后，但求畅所欲言，无妨针锋相对，大可和而不同。我们希望这是一次平等的大会，真诚的大会，团结的大会，热情的大会，也就是说，四个方面一流的大会。我们不仅希望在这一次大会之后，华东师大中国语言文学专业的"双一流"建设能够全面启动；更希望通过这一次大会，兄弟院校能够勠力同心，相互扶持，将中国高等教育的新一轮发展引向正确的方向！当然，我们也有诸多遗憾。大家风尘仆仆而来，我们本想有所表示，更好地尽地主之谊，但是，因为形势变得越来越严肃，我们只能被迫压住形而下的物质性欲求，希望压抑之后出现形而上的升华，希望看到各位智慧的光芒，灯灯相照，光光互融，最后能看到各位心心相印，度过一个快乐的周末！

最后，祝各位专家与会期间在身体健康和心情愉快方面实现"双一流"目标！

2018

从今天开始,做一个靠谱的人
——华东师范大学中文系 2018 届毕业典礼致辞

亲爱的同学们、家长们、老师们、朋友们:

早上好!

今天是公元 2018 年 6 月 15 日,对我们来说,这是一个特别值得记取的日子。此时此刻,想必同学们都是百感交集,比如,完成学业的自由感,诀别校园生活的留恋感,对人生新旅程的憧憬感,等等。至于我,眼下只有压倒性的一感:就是焦虑感。你们可能要问:我们学生毕业,老师你焦虑啥?这是因为,每年此时院系负责人们都要在毕业典礼上发表临别赠言,以前讲完了，事情也就完了，随便讲讲也没啥，现在还要有微信推送，所以讲完了事情才开始，同学们可能要比较一下，哪个院长讲得更精彩，哪个系主任更有才华。所以，这毕业典礼的讲话，对我们来说分明是一场作文比赛。你们的考试结束了，我们的考试也就随之开始了。

要以优异的成绩完成这次作文比赛，最好的方式可能是走形而上路线，再辅之以崇高的风格，优雅的文采和动人的叙事。但是，我现在打算唠叨的，却是一个相当形而下的主题，我的题目是：从今天开始，做一个靠谱的人。

毕业了，我们同学们从书斋走向社会，从观念的象牙塔到实践的田野与工地，一个最容易犯的错误，是把应然当成实然，把现实世界当做不符合理想的错误集中营。我绝对不是说，我们青年人不该有澄清天下之志，不该想着"致君尧舜上，再使风俗淳"。你觉得我们的核心价值观，比如民主啊，自由啊，公正啊，诚信啊,这些都挺好的,但是遗憾还没都落到实处。这些都对。我们同学应该保持一种乌托邦情怀和批判现实的勇气。但是我这里想要提醒的是,在指点江山之前,我们最好首先让自己成为一个能有意义地指点江山的人,也就是说,要让你的指点江山具有客观效果或者现实力量,那就需要我们融入现实,理解现实,在与现实的互动中,根据现实的可能性做出理想主义的选择。靠谱,虽然在我们成年后的每个阶段都是重要的,但是,在我们人生重新起航的时候,作为一个自我要求,它的意义显得尤为重大。

做事要靠谱,对我来说,意味着起码三个方面:第一,它指一种办事意识,往大处说就是指一种职业伦理,也就是办事的责任感与使命感。但是这种办事意识,不是那种自以为是名校的高材生,自以为是天降大任的那一个,一心要改变世界,因而只能办大事的那种意识,而是先确定一个小目标,胼手胝足,把小事当成大事一样做的那种忠于职守的精神。我们都知道，六祖慧能的悟道，是从学习劈柴烧水开始的。第二，它指一种认真的办事态度，也就是严谨求实，再具体点说，就是俗话说的：凡事有交代，件件有着落，事事有回音。汉代有家人个个是高官，其实本事也很寻常，就是非常谨慎。这家人有一位叫石庆的，官居太仆，汉武帝问他，马车有几匹马啊？他当然很清楚，可是他依然用马鞭再数一下，然后确认是六匹。因为他的靠谱，他后来一路升迁，一直做到宰相。第三，它还指一种办事方法。其实，"靠谱"在我年轻的时候，这还不是一个流行的词。我不知道该怎么定义它。按照望文生义的角度来看，靠谱，着调，恐怕意思是遵守着事物客观的内在的谱、内在的调，也就是内在规则行动，也就是说，不是根据一己好恶的主观感觉行动，否则就是不靠谱、不着调了。我们处理一个事情的时候，恐怕要先做调研，了解情况的方方面面，看看以往的惯例，要集思广益，在形成一个解决策略之前，要好好思考运用这个策略可能的消极面。

如果只是一味强调"天命不足畏，祖宗不足畏，人言不足恤"的三不理论，莽撞蛮干，可能会导致失败的命运。

我们强调靠谱，可能性情浪漫的同学未必喜欢，这看上去更像是反映了中年油腻男的内心真实，因为我们失去了未来。我承认，激情、越轨、危险甚至犯错误构成了青春冲动的一部分，这些在美学上是迷人的。但是我们不妨听听马援在给他的子弟们写信的时候是怎么说的。他说："龙伯高敦厚周慎，口无择言，谦约节俭，廉公有威，吾爱之重之，愿汝曹效之。杜季良豪侠好义，忧人之忧，乐人之乐，清浊无所失，父丧致客，数郡毕至，吾爱之重之，不愿汝曹效也。效伯高不得，犹为谨敕之士，所谓刻鹄不成尚类鹜者也。效季良不得，陷为天下轻薄子，所谓画虎不成反类狗者也。讫今季良尚未可知，郡将下车辄切齿，州郡以为言，吾常为寒心，是以不愿子孙效也。"你们是听从马援的忠告，做龙伯高这样的人，还是豪迈高蹈，立志成为杜季良这样的人,这是你们的选择自由。但是作为你们的师长,我有责任告诉你们,谨慎靠谱的人可能更容易赢得顺境,并进而获得更具有稳定性的成功。因为行事靠谱,其意义在于获得别人的信任,而信任是人际关系的基础,也是我们成就事业的出发点。

临别前的叮咛,其实大部分可能是陈词滥调,套用佛家的话来讲,我这是老婆心切。同学们!我当然期望你们前程似锦无歧路,未来如花皆坦途。但这并不现实,未来之路肯定既有顺境,也有逆境。但无论如何,靠谱的性情也许会成为你们在人生道路上翻山越岭的通行证。最后,祝愿大家在自己的未来旅程中,铸就属于自己也属于华东师大中文系的辉煌!

谢谢大家!

发现自己,认识自己
——华东师范大学中文系 2018 年开学典礼致辞

各位同学:

早上好!

其实我不喜欢这样的方式来做迎新致辞。这样的致辞太正式,同时也太抽象,对你们来说太遥远。我想起的是杜克大学文学系举办的迎新活动,他们包租了一栋别墅,设置了一个提供水果和食品的流水席,邀请全系的师生参加,从中午一直到晚上。这样的迎新仪式可以提供一次新生与老师们平等交流的自由随意的机会。我一直想效仿,但是始终没有找到合适的条件，因为我们人太多，而且八项规定恐怕也不会支持我的想法。

虽然刚才几位老师已经表达了对诸位的欢迎之意，我还是再一次诚挚地欢迎大家加入华东师大大家庭！进入或者重新进入这所学校，意味着一个新的开始。本科四年，硕士三年，博士至少四年，在这个不算特别长也不算很短的时间段里，我认为大家不妨先定一个具体的小目标，也就是说，解决一个困扰我们的问题。我们知道，康德的哲学事业主要回答了一个总问题：即人是什么。这个问题分成三个问题：我们能够知道什么？《纯粹理性批判》就是对此问题的回答；我们应该怎么行动？这就是《实践理性批判》；我们应该期待什么？这是《判断力批判》。我希望诸位也依照此发问方式来询问自己：我是谁？我这里将这个问题浅薄化。在大学里认识你自己，就意味着第一，你要了解自己的能力、兴趣、梦想；第二，如果了解到自己的秉性，那就该有目的有步骤地行动了，这个不需要多说了；第三，你应该期待什么，你的终极寄托是什么，这个你们是共青团员的时候可能就明白了。当然，我们这个国家信教自由，所以，我尽管希望你们跟我一样，信仰马克思主义，但是你们是佛教徒啥的，也是得到允许的。这后面两方面我们就不展开了，现在重点说第一，就是我们如何发现自己，了解自己。

当然，彻底认识自己大概是不可能的，我是在相当日常意义上很具体地因而也非常肤浅地讨论这个问题：我将来想成为什么样的人？我是否有与之匹配的能力能够成为这样的人？我的意思显然是，这两者要统一。比如，你想要做日本天皇，或者美国总统，这样的憧憬就没有多大现实意义，当然你要是想做某个美国总统的爹，这还是有抽象的可能性的，就是说几乎不可能的可能性。我们要根据自己的客观可能性，根据自己拥有的某种能力或者潜能，来调节自己的主观期待。这个过程，对许多人来说可能不费吹灰之力。我自己小学一年级的时候就知道我喜欢做教师，觉得做老师啥都知道，很威风。后来慢慢发现自己也能够从事教师工作。我们都知道比尔·盖茨在大学的时候就发现了自己的天赋，于是就辍学了。但是有的人可能要寻找很久才发现自己的本性是什么。美国剧作家尤金·奥尼尔的戏剧作品《天边外》描写了一个悲剧。剧中弟弟罗伯特和哥哥安朱都喜欢上邻居姑娘露丝。罗伯特从小渴望做个海员，浪迹天涯，但当得知露丝竟然对他其实也是"思公子兮未敢言"的时候，他立即放弃了出海的机会，与露丝筑就爱巢，留在乡村。倒霉的安朱，深受打击，临时决定代替弟弟扬帆出海。几年以后，罗伯特在贫困潦倒中死去，而露丝对他也心灰意冷。而安朱发财后，一改老实本分的本性，最后也一败涂地。这三个人，都是失败之后，才对自己有了比较正确的认识，盖棺才能论定，这是很悲催的事。

对自己的可能性的认识，不要人云亦云，追赶潮流。我年轻时赶上了整个国家的改革开放与经济转型，好像遍地都是发财的机会,也确有小伙伴们发了财,但我没行动,也并不后悔,觉得自己究竟是读书人。上个世纪我在一所工科大学做语文老师,曾经用如皋普通话草菅人命地教一批日本孩子学汉语。我要求他们各言其志,结果答案五花八门,有的要做教授,有的要做公务员,有的要做木匠,还有一位说她就想嫁人,就是没一个想做老板的。我觉得他们保持着内心的纯洁,是特别可贵的。

我们应该诚实地面对自己,倾听自己的声音,不在乎外界的议论,勇敢地行动。按照庄子的理论,水是往下流的,树是往上长的,万物应该各适其性才能无待于外物,也就是获得自由。行行出状元,任何行当只要适合你的性情和能力,都是值得你努力的。这样的自我反思和自我设计,不仅仅对你人生的长期规划有效,而且对你度过这几年大学生涯也有效。在我们阅读、写作和思考中,我们可能觉得做文艺理论比做现当代文学能够让我们产生更大的愉悦,甚至,我们可能会觉得史学研究比文学研究更有意思，更能让自己的才能发挥，从而改变自己当初的选择，这也是极好的事情。我的同事王峰老师有两个学生转去了哲学系读博士，我有个指导的本科生现在研究的是史学，做得也很有成就，他们可能就发现了自己的能力特点。在我看来，如果做自己喜欢的事情，即便薪酬不高，但总还是比领高薪做自己讨厌的事情，幸福感要更强烈一些。

将自己的客观可能性设定为理性选择的根据，并用来调适自己的主观期待，如果诸位认为这个看法过于庸俗实际，充满决定论与功利主义色彩，那可能是因为我没说清我的意思。我的重点是：发现你自己，认识你自己，用自己跨越固有边界的行动，用你的激情和想象打开属于你自己的世界，了解自己还有哪些不曾意识到的可能性，并作为砥砺前行的动力。你们不同于我一个年过半百的老人，你们青春年少，是可以犯错误的，当然，是原则上可以原谅的错误，也许在后来被证明为光荣的错误。通过了解错误之为错误，那被排除出错误之外的东西，可能就是某种有生命力的、通向未来的新的自我。《礼记·大学》说得好："苟日新，日日新，又日新。"你们有权不断重新定义你们的自性疆界。

最后，祝愿诸位在此读书期间，发现一个崭新的自我！

极平淡，极绚烂
——"许鞍华：半部香港电影史"会议发言

各位老师：

上午好！

国庆节期间，恶补了许导不少电影，以为许导的风格都是极平淡，极绚烂的，后来看到《天水围的日与雾》，发现其实也有不平淡的。可见许导的风格具有一种丰富性，丰富性是大师的特点。鲁迅的作品，有金刚怒目的，有冲淡平和的，不是一种笔法，所以他是伟大的鲁迅，当然许导也是伟大的许导。我在这里没有资格对许导的电影进行任何专业靠谱的评论。我不怎么懂电影语言,文学评论在上个世纪的时候做过一些,成绩不能说是绚烂的,只能说是烂的。而现在连文学评论这样的事情也不做了,整天读枯燥乏味的理论书,我相信我的感受力和判断力都是可疑的,因为我是华东师大中文系主任才有荣幸坐在这里。今天我们来了许多电影评论家、文学评论家以及文学评论和电影评论都通吃的专家,我作为一个门外汉如果有什么价值的话,就是可以把我当成陪衬人。虽然我是一个槛外人,但是看电影的时候也有许多乱七八糟的感受。这里我只集中谈一点:极平淡,极绚烂。我的意思本来是想对许导全部电影的一个风格的描述,后来我看其实是部分电影的描述,这个描述不一定准确。意思是什么呢?许导的电影再现的生活场景和故事非常接近我们的日常生活,平淡得好像没有艺术加工似的。但是随着情节的推进,就忽然给我们带来非常强烈的感动。从极平淡到极绚烂,从杂乱无章的状态到千头万绪汇集到一点,激情涌动,这是一个空际转身或者升华,是一个跳跃。我想对这个过程发生的机制做一个解释。

要领会许导这个活干得好，我们可以想一想那些做得不好的。做得不好的，就是煽情，就是搞催情大法。科林伍德曾经比较过两种感情表达的手法，他说："一个唤起情感的人，在着手感动观众的方式中，他本人并不必然被感动；他和观众对该行动处于截然不同的关系中一样，一个是开药，一个是服药。与此相反，一个表现情感的人以同一种方式对待自己和观众，他使自己的情感对观众显得清晰，而那也正是他对自己所做的事情。"倪萍老师的做法，或者大部分电视节目的做法，以及许多好莱坞电影的做法是前一种。当然了，科林伍德的话，我私意以为还没有完全到位。最优秀的骗子其实首先是将自己成功地骗倒了。但他的意思假如理解为，某些桥段，感情处理得不自然、好像外在于故事，那就叫煽情，叫催情。因为不是内在固有的，所以要煽动，像煽火一样突然加大火力，猛烈催促，这是煽情，因为感情本来是慢慢培育涵养，这样最后的突变才有一个基础。可是如果等不及了，需要立刻开始这段感情，那就要催逼了，这是催情。煽情，催情，这两个汉语词汇的表达很形象，还是挺有道理的。我们赞美许导在感情方面处理比较克制，其实也就是不煽情，不催情，不做额外的多余的事。我们可以倒过来想，为何许导的许多电影都很吃时间，她需要感情的生成有一个慢慢的、自然的展开过程。在许导的许多电影中，事情的结局，也就是伦理关系的情感状态，往往我们在看开头的时候是想不到的，但又显得合理。为何如此呢？就是因为它服从了人物性格的逻辑，服从了情境的逻辑。许导的一些电影看上去是非常枝蔓，但是它有其内在的有机性。而且，许导的电影非常高妙的地方在于，她处理一些极端的甚至不可能的感情时，尤其是感情状态发生重大变化时，显得非常平实贴切，没有任何生拉硬扯。

在《女人四十》中，那个公公很跋扈，后来又得了老年痴呆症，他对孙太是很不友善的。怎么样理解孙太对她公公的孝顺？我们在看到她为公公做出的一系列具体的、琐碎的事情的时候，会感觉到这个人本质上就是善良的，但这种善良不同于我们常常看到的忍辱负重的形象，电影没有表现辱或者重，因为如果表现了这些，很容易产生怨恨。但实际上，真正善良的人是很难产生怨恨的。相反，孙太是阳光的，乐观的，务实的，她是喜欢打麻将的，喜欢跳舞的，喜欢别人喜欢的一切。这就使得她对待她公公的方式显得比较自然。而另一方面，性格骄横的她公公，虽然老年痴呆，但是也知道养老院呆得不愉快，也知道儿媳的付出，这样他的献花就显得正常。

《桃姐》这部电影也同样有类似的感人力量。桃姐是一个佣人，年老了，极可能的境遇是被主人抛弃，像秋扇一样。但是主人侍奉她，像对待自己的母亲一样，甚至比母亲还亲。这是何以做到的呢？因为桃姐虽然地位卑微，但是心灵高尚，有宗教信徒般的慈爱和怜悯。桃姐得到了几乎所有人的尊重，梁罗杰的母亲，家人，同学以及养老院所有的人都喜欢她。有两个细节尤其让我印象深刻。一个是梁罗杰拒绝给那位猥琐的老病友钱，因为他是去搞女人的，但是桃姐说，让他去吧，还能搞几年。这是完全没有底线的，超出了我们对正直的人的一般理解。再一个情节是，桃姐起身去送梁罗杰的母亲，一帮病友就鬼鬼祟祟的要偷窥礼物是什么，桃姐回来后对这样的情景没有任何不快，反而招待大家一起共享。在爱的光芒的照耀下，桃姐看不到任何丑陋或者猥琐的事情。

许导的电影里面有某种类似于宗教的情结，我和石川老师既有共同点也有不同点。共同点我确实觉得像贾樟柯这样的电影至少对中国语境来说更深切中了时弊，可以让很多人直面现实。同时我又有不太支持石川老师的一面，有贾樟柯这样的导演在，也应该有许导这样的导演在。有些人把现实说出来给我们看，但是还有一些人给我们提供一种解药，这种解药像石川老师说的是一种想象的解决，但还是需要的，因为要不然的话我们怎么有前进的动力呢？希望，哪怕虚妄得迹近于虚无，我们还是需要的。所以说如果只是绝望的话，我们这个世界可能就不会变得更好。桃姐的形象让我想起那位荣获香港大学荣誉院士的八十二岁老太太。

再举一个例子。《客途秋恨》中，母女关系怎么从很紧张到和解的呢？是女儿置身于外语环境之中，理解了母亲当初的严肃与沉默，而当母亲叙述与小舅发生口角，母亲作为一个日本人，持一种中国认同的心理的时候，她也更能够认同她母亲了。因此人们称赞许导的电影情感高度克制，但其实，情感的克制本身并不能表现感情，重要的是，故事发展要有内在的有机的结构，当它缓缓打开时，人物的伦理情感会随着事情和情境的变化一起到来。《菜根谭》是一本古代的心灵鸡汤，但是这段话还是对的：文章做到极处，无有他奇，只是恰好；人品做到极处，无有他异，只是本然。

我就说到这里吧，谢谢！

2019

好玩的人
——陈子善老师荣休仪式致辞

尊敬的子善老师、海内外各位嘉宾、老师们、同学们、朋友们：

下午好！

很抱歉我因为去北京参加了一个难以拒绝的会议，到现在才能赶到这里。我错过了很多肯定是精彩的发言，所以其实说不上总结发言。没听到也好，如果我的话跟别人说过的话差不多，我也不怕查重。我这人的一个毛病是一向善于批评，不善于赞美。所以我说得可能不好，但希望善公还是听得受用的，因为不管怎么说，我长途奔袭，就是为了说这几句话而来的。

首先，感谢各位学界的大咖拨冗前来参加此次雅集，我们这里有国际友人，有上海本地最著名的现代文学领域的专家教授，也有远道而来的外地高校的博学鸿儒。你们都是学界明星，但是今天你们的星光是为了子善老师而灿烂；你们每个人对别人来说，都是一个传奇，你们的传奇是为了见证子善老师的伟大传奇。谢谢你们！

我想，在高校，对一个人的认识，大致上还是为学、为事和为人三个方面。子善老师的为学，我猜想许多朋友都已经提到过了，应该是现代文学史料学这个领域中难以逾越的高峰；另一方面，他即将入选上海文史馆馆员，这样一个巨大的荣誉，也是对他卓越成就的认可；关于为事呢，他长期负责华东师范大学现当代文学学科的建设，成绩斐然，我们这一个领域人才济济，在国内享有盛誉，这是与他高水平的领导艺术是分不开的。十年前，我们系里办有《中文自学指导》，计划转办成学术杂志，当时征求大家志愿竞聘主编，反馈情况不大理想。我的前任谭帆教授登门求助于子善老师，他慨然应诺，出山之后，仅仅花了十年，就能把一个学术上一穷二白的杂志迅速变成现当代文学标杆性的杂志，并于今年一举跃入 CSSCI 类期刊。这是一个了不起的成就！但是，我最想赞美的是子善老师的为人。我认为，如果称赞子善老师是一个善良的人，一个让人如沐春风的人，一个乐于助人的人，一个通情达理的人，一个对别人很平等和尊重的人，一个可以跟晚辈称兄道弟的人，这些说法都完全正确，但是可能都还没有达到根本认识。我认为子善老师首先是一个好玩的人，一个未必摆脱低级趣味但是肯定有着高级趣味的人，一个兴致勃勃的人，一个充满好奇心和玩赏心情的人，一个永不言败却又绝不显示悲壮姿态的人。方克强老师有一次指出，我们很难看到徐中玉先生有忧郁感伤的时刻，其实子善老师也许同样如此。徐先生那里，我看到了正义的人格化，在子善老师这里，我看到了性情中人的一个侧影。我们华东师大一向盛产这样的人，作为华东师大中文系的一分子，我特别为此感到骄傲和自豪。我们可能不应该把性情中人与魏晋风度画上等号。在华东师大，性情中人也可以不废事功。正是本着好奇的、玩赏的，因此也是纯粹的心灵去为学、为事，我们才能让学问和事功不至于变成苦行，我们才能超越于世俗的成败之外，俯仰自得。这是我在子善老师身上受启发最多的一个地方。

我现在真的要总结了。子善老师，您不仅仅是华东师大中文系的一面旗帜，也是中国文学研究界的一面旗帜。谢谢您为华东师大中文系所奉献的一切！

谢谢大家！

劳动是光荣的
——张学禹、钱雨婷婚礼致辞

尊敬的新郎新娘，尊敬的各位亲友、各位嘉宾：

大家好！今天是张学禹先生和钱雨婷小姐百年好合的良辰吉日。刚才司仪介绍我的时候，很不必要地用了许多头衔，其实那些都没用，有用的身份是我是张学禹先生唯一的舅舅。非常荣幸，我受委托代表亲友团来说几句。首先我要利用这个机会来表扬一下张学禹，他从小就三观正确，品行端方。在性格方面，他温良恭俭让，而且做事靠谱，得到了他母亲的真传；在事业方面，他祖父是公务员，父亲是公务员，他立志也要考公务员，结果考上了。在我看来，他成熟得很早，一直是传说中的"别人家的孩子"，是个榜样。我早就听说他有了女友，以为他很快会成家，没想到喜讯到现在才姗姗来迟。细想起来，这也是他成熟的地方。一见钟情可能是浪漫的，但也可能是肤浅的。必须先要有一个爱情长跑，后面组建的家庭才能经风雨见世面，能够长治久安。大家都看到了，新娘很美丽，但是我听说当初吸引张学禹的，除了美貌之外，还有新娘的才学。有位哲人说，我们爱一个人，是因为在这个人身上表现出了实现自己社会目标的机会。张学禹爱上学霸，正说明他的目标是智慧和进步。重要的并不是他们将来会建立一个学习型家庭，而是容颜易老，而精神长青。但愿知识的阳光一直照耀你们左右。

两位新人，我还想跟你们唠叨一些婚礼上常见的陈词滥调。你们两个人本来是素昧平生的，怎么经过一系列偶然，竟然走到了一起，变成了世界上最亲密的人，回过来一想，这不是奇迹么？这个就是我们平常说的缘分。既然是缘分，是上天赐给你们的，那就好好珍惜吧。爱情可能是天底下最美好的东西，也可能是最脆弱的东西，它需要得到你们双方细心呵护。不过，如果有比爱情更伟大的感情，那就是来自父亲和母亲的慈爱，因为那是无条件的爱。在离开父母之后，我希望你们饮水不忘挖井人，常回家看看，常打电话问候双亲。

大家都知道，江苏是一个大内斗省，首先就是苏南和苏北的内斗。现在，我们苏北的帅哥迎娶苏南的美女，实现了完美的和谐与统一。江苏省的经济发展目前居全国第二，如果类似的"通婚"越来越多，我想我们江苏超越广东，是指日可待的事情。所以我说，张学禹和钱雨婷为江苏的繁荣做出了贡献。让我们一起祝愿你们白头偕老、永结同心、山盟永在、海誓长存！

今天是五一劳动节，这是一个好日子。传说，上帝曾经对我们人类的始祖说过："你必终身劳苦才能从地里得吃的。地必给你长出荆棘和蒺藜来；你也要吃田间的菜蔬。你必汗流满面才得糊口。"对基督徒来说，劳动的辛苦与快乐来自上帝的恩典，它具有神圣性。年轻人，你们今天劳动了一天，在人生的舞台上第一次达到了高潮，今晚谢幕之后，是否会继续劳作呢？这不是我关心的事情。但是我想提醒你们，你们今天开花了，我们希望早日看到你们结果。国家的政策现在放开二胎了，将来说不定还会放开三胎，你们都是国家的人，一定要把政策用足，为培养社会主义接班人辛勤劳动，劳动是光荣的！

谢谢大家！

以浪漫为名
——季亦丁、李娟婚礼致辞

非常荣幸有机会作为亲属代表,在这个大喜的日子里说上几句。其实我最不愿意在家乡人民面前说普通话,因为暴露出了如普(按指如皋普通话)的本质。我的发音错误在其他地方没事,在如皋人面前,这些错误会放大。但是,掌弄像(如皋话,意思是"怎么办")呢,我必须对江西人民表示尊重,所以我的父老乡亲们啊,你徕稍微带住尬点(如皋话,意思是"你们稍微忍耐一下")。

季亦丁先生是我大舅的外孙。我大舅是丁家的老大，可是他的独生女儿我表妹丁志群比我还小，而我在家里其实是小三的位置。所以，看上去我大舅这方面就有点落后。可是，到了季亦丁这一代，他又迅速抢回了第一名的位置，成了丁氏家族结婚最早的人。盘本（如皋话，意思是"扳本"）了。

季亦丁，虽然可以说我从小看着长大的，但是我因为长年在外，还不能说有什么特别深的了解。大约一个星期前，我看到了季亦丁儿时的视频。我家朱云柯比季亦丁大几个月，在视频中，朱云柯自己转圈，季亦丁就跟着转圈，朱云柯趴在地上，季亦丁也跟着趴在地上。看上去，那时候季亦丁是朱云柯的追随者。但是朱云柯直到现在还没女朋友，季亦丁怎么突然就结婚了呢？而且，怎么娶的姑娘还貌美如花呢？我以前只知道季亦丁是个安静的美男子，是一个温和、礼貌、踏实和有责任的好孩子，我没有想到他还有浪漫的这一面，没有想到他还有这么好的异性缘。

新娘李娟，很抱歉我完全缺乏了解，我只知道她来自吉安的万安，这个地名喜庆。如皋的地名，意思是到水边高地去。一个男人应该是要往高处走的，但是也要注意安定、安稳。如果一个往高处走的男人得到了一个女人的安全支持，那这个家庭组合我想应该能够长治久安、幸福发达。

最后，祝福的话我这里就不重复了，留给别人说。但是我这里思考了一个历史遗留问题。其实"季亦丁"这个名字我们以前是不知道的，我们知道的是丁然。丁然啥时候变成了季亦丁，我也不大清楚。但是我想，这可能是一个妥协的结果，同时保留了季与丁。我看这个历史遗留问题现在是否得到了彻底解决的契机了呢？现在政策松动了，你们可以通力合作，把政策用足，一个孩子继续姓季，一个孩子可以考虑姓丁，当然也可以姓李，据我推测，等你们想生三胎的时候，国家应该也到了鼓励多生的时刻。这样，季、丁和李的姓都可以保全了。同意我的意见的，请给我掌声，我这就下台。

文学引导我们走向自由
——华东师范大学中文系 2019 届毕业典礼致辞

各位同学、各位家长、各位朋友、各位老师：

早上好！

首先和往年一样，祝贺各位同学完成学业，迈向人生新的征程。以前我或者我姐姐过生日的时候，我母亲都会提醒我们说，这是你们的庆生日，可当初却是我的受难日。我的意思是，每到你们笑逐颜开、拉帮结派拍毕业照的时候，就是我愁眉苦脸、搜索枯肠的考试周。2016 年我作为系主任进行了首场秀讲演，成绩还差强人意，阅读量到了一万七，但是此后逐年稳步下降，到去年，只剩下了三千多了。这说明我做系主任的气数已经快耗尽了，所以，有鉴于此，我去年给领导打好了辞职报告，所以现在差不多可以算是我作为系主任的谢幕演讲了。

我是一个教文学理论的教师，既然是作为系主任做最后一次毕业典礼致辞，我也就索性公权私用，准备利用这个机会讲点文学理论。我想在两个方面表达对你们的期待。第一，你们不可遗忘文学。我这句话，不仅仅是对语言专业的同学说的，也不仅仅是对毕业之后，不再是文学从业人员的同学说的，我是对你们所有同学说的，而且尤其是对即将做文学老师，即将教文学课，研究文学作品的同学说的。那么，我让你们这些同学别遗忘文学，这是什么意思呢？我想说的是，当我们在给文学作品划分段落大意，总结中心思想，当我们在以女性主义或后殖民主义理论肢解文学作品，当我们在牢记文学史知识或者了解曹寅的身世时，我们很可能就是以非法占用文学的方式，遗忘了文学本身。我们不应该以教科书的方式,根据文学万神殿的排位,在文学博物馆讲解员的引导之下去阅读文学。知道《红字》上"A"的隐喻有四个层次,这当然有意义,但是这正如孔乙己知道茴香豆的"茴"字有四个写法一样,也没有多大的意义。重要的是,文学提供的不是固化的、贫血的、空洞的、简单的知识,它提供的是以字词和句子所建立的乌托邦,提供的是幻象形式的真理。这样的真理不同于牛顿物理学意义上的只诉诸简单因果律的低层次真理,它往往是特殊的、具体的、悖谬的、矛盾的,也就是具有内在价值与人的主观感受的真理。科学的真理可能有对错之分,但是文学的真理却有深浅之别。如果说我们应该与文学同在,那就是说我们应该进入文学本身的经验之中,进入文学的细节之中,我们不仅要理解俄狄浦斯王的怖惧,李白的高蹈和艾玛的绝望;也要体会到凯列班的愤怒,龄官的执着,伏脱冷的冷峻,体会到这些次要人物内心的海洋;我们还会看到在濠水中倾听哲学家雄辩的鱼儿，会闻到特洛伊屠城时混杂着的血腥气与焦土味，会听到桃花源中从深巷传出的鸡鸣狗吠，会感受到春雨在微风护送下贴上杜甫面颊时的温柔，会追想"小玛德莱娜"点心的瞬间口舌快感……进入文学的世界，就是进入一个彼岸的世界，进入一个我们自以为熟悉但其实仍然陌生的世界，进入一个瓦解我们成见的谜样世界，进入一个解放我们全部感官的世界，是的，这就是自由的世界，文学引导我们走向自由。

但是，既然说到了自由，我就要提到我的第二个期待了：你们不可沉溺于文学享受！我想，你们许多人肯定不同意我的看法。文学寓教于乐，文学阅读给我们带来审美快感，这难道不是文学存在的理由么？是的，长期以来，我们一直不遗余力地让诗与散文的辞藻更美丽，让小说戏剧的情节更动人，让文学盛宴能给我们带来更多的感性愉悦与精神满足。我当然不否认文学的享乐价值，也丝毫无意冒犯大家享受文学的权利。但是，如果我们谈到自由——请注意，我说的是社会主义核心价值观之一的自由——那么，我们就应该始终把它的认识价值放在第一位。如果谈到享乐，今天的娱乐工业已经非常发达，各种电子游戏给我们带来的感官刺激已经远远超过了文学，在此语境下，谈论文学的娱乐功能与谈论任何文化商品给我们带来的快感并无根本区别。所以，我提请你们大家注意，你们是华东师大中文系毕业的学生，在文学领域，你们应该比普通读者有更高的追求，你们至少应该尝试着转向一种文学禁欲主义态度。文学给我们带来了重新经验我们司空见惯的社会生活的机会。伟大的文学作品正是通过让我们将熟悉的日常经验陌生化，才造成了将我们社会生活加以问题化的震惊效果。伟大的文学质疑我们的生活理念、破坏我们的思维惰性、颠覆我们的道德准则、拷问我们的良知和灵魂。沉溺于文学的享乐之中，不过是将文学视为心灵的避难所，不过是犬儒主义地拒绝看到社会世界的平庸和恶，或者平庸之恶，不过是用心灵鸡汤与岁月静好来安慰自己被商品拜物教催眠的灵魂。如果我们说文学引导我们走向自由，我们说的是伟大的文学，也就是具有真理价值的文学，它应该像一根深深嵌入我们身体的肉刺，给我们带来刺痛的经验，应该让我们不遑启居，栖惶不安，应该让我们产生改变当下生活秩序的内在焦虑和乌托邦冲动。曹雪芹苦心孤诣创造出来的贾宝玉这样一个光彩照人的美好形象，为何在任何现实社会，都是不被认可的花花公子？安娜这样一个不守妇道的女人，一个老托尔斯泰动笔之初极为愤恨的人，何以博得我们的深切同情？如果我们就是鲁镇市民，会不会一样成为害死祥林嫂的凶手？策兰为什么用刽子手侮辱的词汇"母猪"，来指称被枪杀的犹太女革命家罗莎·卢森堡？你们在撰写学位论文的时候，要询问自己：你的问题意识是什么？同样，伟大的文学作品也有它自己的问题意识。当然，学位论文的问题意识也许只有一个，而文学作品的问题意识要更加纷繁复杂。

狄更斯在说起他躬逢其盛的十九世纪的时候说，这是一个最好的时代，也是一个最坏的时代。我不知道我们这个时代是否同样如此。过去，浪漫主义者们说，文学是人类的女教师，她永恒地祝福着我们的苦难和不幸；今天，批判理论家们说，文学应该撕开伤口，让我们直面惨淡的人生。无论如何，对文学该如何认识，实际上，对社会该有什么样的认识，你们应该有自己的理性选择和独立判断，当然，这未必就是单项选择题。而在这里，我要做的，不过是把自己从往哲先贤那里学习到的，自己所理解的这些逻辑可能性奉献给你们。

同学们！告别的时刻到了。我在上个世纪终结的时候，完成了一篇论证文学终结的博士论文。如今看来，文学在某个意义上的终结，正是它换一种方式继续存在的理由。文学作为社会的晴雨表，它始终回应着社会的激情、创伤和梦想，始终让我们摒弃自己的偏见，告诉我们，事情比我们想象的更复杂，因此，它的源泉也永不枯竭。同学们,文学是一面认识的镜子,也是点燃我们热情的灯火。让我们一起亲近文学,直到永久!

谢谢大家!

一个理想主义者的生涯
——方克强老师荣休仪式致辞

尊敬的方老师、谭老师，各位老师各位朋友：

下午好！

我一年到头开各种各样的会，许多会都是我不得已参加或者举办的。但是这个会不一样，我们筹备了很久，这是我觉得最有幸福感，最想开的会。这个会是我们自发筹办的，绝对是非官方的。在这种情况下来了这么多人，尤其是我们伟大的谭帆教授，他现在一般是不愿意出席各类会议的，但这次会议他本人到场支持，说明我们的会议规格还是非常高的。

关于方老师我有一大堆的话想说，但是我不知道从何说起。我想方老师首先是一个仁者。我阔气一点说，跟方老师可以算是忘年交。我曾经问过他，你的基本的信念是什么？他说他是一个进化论者。他受进化论的影响比较深，他的言和行、理论和实践是一致的，这表现在他对于年轻人从来都是寄予厚望的，都是给予支持的。对他来说，我始终就是一个年轻人，所以他看到我每一步的成长，他会由衷地高兴。当然他不仅对我，对所有年轻人都十分喜爱、十分宽厚。这点我觉得并不是很多人都能做到的。我自己对年轻人态度就可能峻急严厉得多。我常常说话其实很冲，让人觉得不舒服，做我的长辈、领导，应该是没什么人喜欢我的。王峰教授说，你和方克强老师合作是很幸运的，你要是和别人的话早就闹掰了。确实是这样的。方老师对我真的是非常包容。他对于我的缺点和错误，凡是可以原谅的，他一律是原谅的。我跟他认识这么久，我从来没有看到他有任何一丝一毫、一分钟的疾言厉色。虽然我经常虚张声势告诉别人说自己是研究阿多诺的，但是他比我更好地贯彻了阿多诺的一个观念，那就是客体性优先。他总是从其他人的角度来思考问题。正是因为他是这样一位仁者长者，我觉得他是我在公务活动上信心和安全感的一个基本保障。凡是我在重大问题上遇到困惑或者困难的时候，我往往首先想到的求助对象就是方老师。他总是给我指点迷津，所以在很多重要的时候他都能够给我非常好的帮助、启迪和教诲。

方老师非常平易近人。方老师是上世纪九十年代就成名的大家，但是他丝毫没有一点道貌岸然的架子，从来不会端着。有一次我们一起到外地开会，席间我就跟方老师聊天。我也忘了我胡说八道了什么，当时陈炎教授（很可惜他去世了）就很严肃地说：方老师是德高望重的前辈，我们对他都很尊重的，国华你怎么可以这么和方老师说话呢？我这个时候才意识到对方老师有些失礼。但方老师很乐意接受我的各种调侃，对我的没大没小并不以为意。我有时候说话其实是会欺负人的，要图一时口舌之快占人便宜的，但是方老师倒是不从自己吃亏的角度来看这样的事情，反倒多次夸我幽默机智。

作为前任教研室主任，对于教研室的利益、文艺学学科的事情，他是非常上心的。2008年我在美国给他打电话，我说我听到有人说要推举我做副系主任，我是不想做的，我说你觉得呢？他说，国华，我们系文艺学现在比较弱，你要是做系副主任的话，我们这个学科还有可能得到大的发展，所以你千万不要推辞。所以我就听从了他的教导，回来后就做了副系主任，一直做到现在。

但方老师对自己的个人利益是规避的。他从来不要得到任何的奖，不要任何的荣誉和好处，每次招硕士研究生，面临双向选择的时候，他总是让别人先选，等所有人都已经选择结束了之后，说剩下这个就是我的。这样的高风亮节，我觉得是很难赶得上的。

第二,方老师是一个智者。方老师的洞察力,他对人心的理解深度,我觉得一般人是不能及的。他熟知华东师大中文系的前身后世,熟知每一个人之所以这么说话或者那么说话,其背后的微言大义。但是方老师关心的是公共事务意义上人和事,他许多话,是结合他的渊博的学术、敏锐的判断力和对时局的深刻认识,对一些具体的现象进行非常精到的评论。方老师从不去打听八卦,不去关注东家长西家短那些婆婆妈妈的事情。所以他即便随便给我闲聊几句,我也觉得对我有很大的受益,会有很多的启发。孔子门徒辑录他的语录,就成了《论语》,后来古人也搞出了许多各种形式不同的语录,我很遗憾没有将方老师许多精辟的妙语记录下来。作为智者,方老师其实也有金刚怒目的一面。我刚才说了,方老师是仁者,但他不是所谓"妇人之仁",绝不像我们中文系大部分老师。我们中文系大部分老师是什么人呢?都是好人,但有时候是滥好人,老好人,也就是我们不太愿意说得罪人的话，不太敢于亮剑，因此对一些不太好的事情也是抱着一种妥协、和谐的态度，抱着退一步海阔天空，给别人留点余地这样的想法。但是方老师在一些很关键的事情上，他不会因为害怕开罪他人而逃脱自己的伦理责任。他会遵循程序规则，遵循正义原则，果断地表达自己的态度。但是这些事情我不能列举了，因为比较敏感。所以我说方老师他绝对不乡愿。大部分时候他是很好的人，少部分的时候他是更好的人。他能够坚持原则，坚持立场。这点我非常敬佩他。

第三，我认为他是个劳模。方老师的职业伦理是完全内在化的。我经常举的一个例子是，他有一次坐校车去闵行上课，校车快要迟到了，他非常焦虑，不断看手表。我说迟到了又不是你的事，你没有责任。他说我在我的个人教学史上从来没有迟到过。所以他做什么事情都是极端的认真，都是一丝不苟的，这些都不来自于什么外在要求，而是内在化的原则。有一次我填表很随便、很潦草，他非常委婉地批评我，让我至少要把那个表格的空格给填满。我觉得这种完全是形式主义，随便写两句就可以了，但他认为这并不合适，他对表格有一种尊重。所以大部分情况下，我填表都尽可能填得多一点。方老师对所有的事情，无论是系里的，还是学校里的事情，都是非常认真，一丝不苟的。他对做教研室主任是非常认真的。我记得有一次教研室开会，全员都到齐了，会议气氛非常融洽。竺洪波教授突然说，我们教研室今天有这样的和谐，主要是有方老师，有方老师这样的领导，不和谐才奇怪呢。几年前，他退休只申请延长一年，一般老师都要申请延长三年甚至更久。陈大康老师非常着急，给我打电话，让我干预一下。但方老师坚持要早日退休。他给出的解释是，他家里买了很多书，一直没时间看，只有退休了才能好好地看。当然，退休之后可以不功利地读书，可以不为写文章而读书。但这可能是次要的理由。真正的理由我想，他大概被自己的勤勉击溃了。因为只要他继续工作一天，他就必须勤勉一天，他太辛苦太累了，不如好好休息，回去好好看看书吧，所以我认为方老师具有典范的劳模精神。

第四是最根本的方面，方老师其实是个诗人。方老师早年是一个文青，是一个激情燃烧的诗人。记得2007年，我们一起开会，途经中俄边境。有天晚上在黑龙江江畔喝啤酒，喝得高兴了，忽然有人提议，我们把上衣脱了吧，就光着膀子活动一下。没想到方老师居然也脱了，我们几个人高举起啤酒瓶喝得很畅快，喝完还做俯卧撑，这个事情有照片为证的。

方老师是个上海人，他有上海人的优点：非常细致，根据合理性的原则来做事，非常负责、认真，但是没有许多上海人的某种缺点。他非常大气，非常豪迈，他不会跟你斤斤计较。2006年我们办了个很大规模的会，当时系里面觉得这个大会办得太辛苦，就决定给方老师发放奖金一千块钱。十几年前，一千元也不是一笔小数字，但是方老师把这个钱捐出来了，捐给了系里的扶贫基金。他绝对不是那种小气的人。

这四个方面加在一起，方老师的整体形象就是一个理想主义者的形象。这种理想主义者，我觉得是在50后、60后这一代人身上，我把自己也算进去了，是最为明显的。这其实是"文革"的遗产。"文革"当然是一场空前的浩劫和悲剧，但是"文革"时代强调一种超越个人意义上的对社会的责任、强调奉献的热情，这样一种理想主义的激情，我认为依然是社会主义社会的精神遗产，值得珍惜。如今，80后、90后这些年轻人们可能具有更强烈的个人主义关怀。个人主义本身是有其不可取代的积极价值的，但是，走歪了，一不小心会变成原子个人主义，只关心自己，对公共利益是无视的，对集体事务是没有热情的，那个其实是利己主义，是不太好的。无论是精致的还是粗鄙的利己主义，都是不可取的。我这里想要说的是，方老师是能够超出个体利益来行动的这么一种人，他是一个高尚的人，是一个不猥琐的人，是一个纯爷们。

我最后说两句祝福的话。我们说仁者寿，方老师他是一个仁者，他一定会长寿的。我们又说，智者乐，我们方老师是智者，所以他不光是长寿，而且他的生活将来必然会很有质量，会过得很愉快。方老师现在不需要做劳模了，他可以安心地做一个诗人了。所以我祝愿方老师在退休的岁月里面好好享受人生，做一个大写的诗人。方老师，我这里再次郑重地、严肃的、正式的向您表示感谢，感谢您多年来对我的栽培，对我的教导和帮助！

新起点的开始与我们的任务
——华东师范大学中文系 2019 年开学典礼致辞

各位同学们:

下午好!

首先,请允许我代表华东师大中文系的全体师生,欢迎你们的到来!祝贺你们通过自己的顽强拼搏,为自己赢得了一个崭新的开始。这个历史性的时刻,对你们来说,可能意味着不同的东西。对有些同学来说,这意味着可以如愿追随自己心仪的导师,作为迷弟或者迷妹,能够追随自己的爱豆显然是人生的成功,虽然这样的爱豆在颜值方面可能不屑跟影视明星一比高下。对另一些同学来说，你们可能迷上了我们的丽娃河，或者丽娃支河樱桃河。这里杨柳依依，碧波荡漾，容易诱发浪漫的冲动。不过，不幸的是，我们这里男女比例不大和谐，当然，我们可能会对"东川路男子职业学院"产生一些自然联想，不过调查数据表明，"闵行女子高等师范专科学校"与对面那所学校的学生配对概率仅为 1.3%，几乎可以忽略不计，我们占比最高的还是自产自销，所以还是不如怜取眼前人。当然，对更多的人来说，来华东师大意味着改变命运的一次机会，通过文化资本的投资来提升自己在未来社会世界中的地位。

但所有这一切，都不是我想此时展开讨论的。我想谈谈我对大家的期待，如果不那么客气地说的话，其实是我向你们发出一个请求，请求你们能够明确地认知华东师大保安的灵魂三问：你是谁？你从何处来？到何处去？也就是说，你的自我定义是什么？你的出发点是什么？你的目的地是什么？可以将这三个抽象问题浓缩成一个具体的问题：就是在你即将度过的几年大学时光中，你给自己设定的任务是什么。这里我简单跟大家分享我的个人看法。在座的同学里，有本科生、硕士生和博士生，其实我认为这代表了作为学生，读书的三个阶段。

首先，对本科生而言，你们第一次来到了大学，大学的围墙把自己和社会隔绝开来了，你们得到了全面的呵护，你们没有物质生活的压力，你们也被免除了除读书之外的所有世俗责任。你们从应试教育的枷锁中、从父母亲的监护中解脱了出来，你们充满了期待怒放的青春激情，你们获得了前所未有的自由，同学们！最美好的时光莫过于此。乌托邦不在别处，就在此时此地！然而，任何真正的自由都伴随着责任的承诺。你们应该发生灵魂深处的转变，进入大学之门，这就意味着真正启蒙时刻的到来。正如康德所说，启蒙意味着勇敢地运用我们的理性。在我看来，特别需要提醒的是"勇敢"二字：我们必须勇于在理性的引导下，质疑权威，反思自我。以题海战术为显著标志的应试教育特别强调的是背诵技术，它不容易培养我们的问题意识和独立思考的能力。我们跨入大学，必须与这种读书习性进行彻底断裂，我们必须脱胎换骨，必须学会在广泛阅读、深入思考和写作训练中，催生和培育自己的个体主体性，完成启蒙人格的自我塑造。

说到硕士生，我有点惭愧，因为我没有你们幸运，当年我是一个失败的考生。我后来是以同等学力的身份考博士的，所以有点底气不足，不知道接下来说的话对不对。硕士生是个过渡的学位。我认为这个阶段的主要任务是发现自己的能力特点。最简单地说，通过你们的读书思考活动，以及一些社会实践活动，逐步发现自己的潜力在什么方向上，如果你们能找到自己的兴趣与自己能力的契合点，那么，这是一件特别幸福的事情。布迪厄说，人们总是倾向于根据客观可能性来调适自己的主观期待。但实际上，值得重视的是这两者之间的张力关系，如果过于强调客观可能性，一碰上困难就裹足不前，那么很容易循规蹈矩、墨守成规，但是另一方面，你们如果完全无视客观可能性来行动，那可以说还没有摆脱未成熟状态。当然，年轻人有犯错误的特权，你们的第一要义还是要先放飞自我。庄子说，乘物以游心。能够游心于太玄，其首要条件是要乘物，我想到的物就是书。书就是这个时间读的。本科生的时期，许多经典著作还不一定能读懂，到读博士期间，时间紧迫，只顾得上功利性的读书。硕士论文总体上来说难度不大，你们有充分的时间博览群书，遨游书海，为未来无论从事何种工作，打下坚实的智性基础。

至于博士生，要攻读的是博士学位，也就是最高的学位，你们的任务就是完成博士论文。你们的自我期许应该已经是一位可以著书立说的成熟学者了。博士生当然也还是要完成学位课程，通过资格考试等等，但是我要重复一句，最重要的事情很简单、直接，就是撰写学位论文。博士学位论文是你们学术的开端，对有些著名学者来说，他们的博士论文既是他们的处女作，也是他们的成名作，有的甚至还是他们的代表作。对于即将要从事科研工作的博士生来说，这是你们的初试啼声，是学术场上的首秀，以后，你们的其他著述大概不可能有同样的机会能得到教授们的认真阅读和精心指导，所以，我期待你们殚精竭虑，把最好的时间、精力和才华倾注在你们博士论文的书写中。你们必须用生命来写博士论文，这是一个优秀博士生的绝对律令。我相信，正是通过博士论文的写作，你才从一个学术场的慕道者，华丽转身为一位真正的学术人。

同学们，光阴似箭，岁月不居。正如你们看到的，从本科生到博士生，是可能性空间越来越小、客观决定性越来越强的过程。人生是一次性的，我们不可能同时进入同一条河。我们要珍惜每一分每一秒，我们要通过自己的艰巨努力，让我们在临终之际对自己的一生没有悔恨和遗憾。

祝愿你们在这所美好的学校,完成自己的美好使命,创造一个更美好的自己!

谢谢大家!

无常以应物为功,有常以执道为本
——在李洱《应物兄》华东师大研讨会上的致辞

首先,请允许我对各位来宾表示感谢,感谢各位支持我们华东师大中文系,支持我们创意写作研究院,支持我们的杰出系友李洱兄!

接下来,向李洱兄表达几个歉意,第一,上次北京的庆祝活动我没参加,因为那个时候我在参加中国文艺理论学会的理事会议,我是该学会的法人代表,涉及学会相关职务的调整,不能不参加,我也因此错过了作为系主任能上央视的机会;第二,李洱兄虽然很早就赏赐了《应物兄》给我,但是,我一直忙于各种俗务，不能做到应物而不累于物，乘物以游心，实际上发生的是与物相刃相靡，快要被物化了，所以，我至今没有读完，因此也不能发表对这本伟大小说的学习心得；第三，这次活动我没有能够更早一点参加，因为台州学院的会议虽然很难说特别重要，但是会议主办人年初就预约，此后每隔两个月提醒一次，我觉得应物之道，还是以忠诚于约定为基本原则。好在我晚上还有表达歉意的机会。应物兄告诉我说，他已经失声了，咽喉炎并没有因为他荣获茅奖而放过对他的迫害，我只好随机应物，不再计划烈性白酒的供奉，而是改成了翁布里亚大师啤酒，用以表达对大师的致敬。

当年在八十年代，我是一个文青，跟我同时代的一些人，从文青变成了大作家，我是八二级的，我的学长八一级的格非与我的学弟八三级的李洱都成为了茅奖得主，我们这一级和其他年级一样，很遗憾，妙手空空，啥也没有。不过，我们拥有了著名演员，还需要有在台下忘情喝彩的观众。我希望努力学习在座嘉宾，未来能变成一个合格的观众。不仅如此，我还希望我们能够接续八十年代的丽娃河文学辉煌，中国创意写作研究院的成立，旨在为创造新时代的樱桃河文学辉煌提供理由和机会，从而期待看到新一代的格非与李洱。当然，与八十年代相比，整体物化的社会很难再度出现令人炫目的文学繁荣。这里我想引用今年我在毕业典礼致辞的一段话："我在上个世纪终结的时候，完成了一篇论证文学终结的博士论文。如今看来，文学在某个意义上的终结，正是它换一种方式继续存在的理由。文学作为社会的晴雨表，它始终回应着社会的激情、创伤和梦想，始终让我们摒弃自己的偏见，告诉我们，事情比我们想象的更复杂，因此，它的源泉也永不枯竭。"李洱先生，各位嘉宾，我深信，与《春尽江南》一样，《应物兄》必将载入中国文学的史册，我们很荣幸见证了这段历史的发生，我们也期望，这段历史不会发生开裂，相反，我期待这样的历史契机将会照亮我们华东师大的文学天空,上承许杰先生、施蛰存先生开创的丽娃河文学传统,下启樱桃河的文学未来。

再次感谢各位来宾,感谢会议的组织者、志愿者,最大的谢意献给应物兄李洱先生!

2 0 2 0

在路上
——华东师范大学国际汉语文化学院院长就职致辞

感谢学校领导的信任,感谢国汉院老师们友好的掌声:

华东师大没有哪一个学院比国际汉语文化学院更让我感到亲切,本来这个学院就脱胎于中文系,我们的张建民院长把中文系称之为"妈系",我们好多老师的文凭都是中文系的,比如我知道的教授,除了建民院长之外,还有吴勇毅院长、邵敏珍教授、叶军教授、毛尖教授、李小玲教授,都是中文系的毕业生,虽然王茜教授不是,但是她的先生王峰是中文系文艺学教研室主任。更不用说,邵敏珍教授是我的前任领导的现任领导。更准确地说不是现任，是谭帆教授永恒的领导。

学校领导们在下一盘很大的棋。我2018年就开始写辞职报告，校领导一直表示同意，但一直提出各种理由，延缓落实。最后等到了可以正常换届的时候，朱书记跟我约谈卸任事宜，假装顺便跟我讨论一下国汉院新院长的人选，我不明就里，也奉献了我的一些想法。此后，国汉院开过一个会议，也让我以观察员身份列席会议，也胡乱发表了一些议论。因为我听说过，"观棋不语真君子，有招不支是小人"。但我一直不知道自己是这盘棋的棋子。我万万没想到朱书记第二次约谈我，我认为他在对我放行的时候，会抛出这个计划，我也万万没想到我犹豫之后，竟然答应了。

国汉院对学校来说，极为重要。国际化本身极其重要，因为它的重要，也成了大学评估的一个重要参考指标，它也是华东师大的重要优势，而国汉院这方面的成败在很大程度上决定了华东师大这个领域的成败。学校党委常委会开了数次，校长助理雷启立教授为此事操碎了心。昨天钱校长、梅书记都分别召见我进行任前交代，对我进行了谆谆教导，对华东师大的拳拳深情让我感动。国汉院的辉煌人所皆知，而今天国汉院的发展瓶颈遇到了新的挑战，学校希望开启一个新的思路，因此要从国汉院的外部寻找新计划的执行人。这个人选可能是一个错误的选择，而我的目的是希望，依靠大家的共同努力，能够把学校对我的个人错爱转变为国汉院正确的道路探索和具有想象力的改革实践。

今天，我站在这里，也是百感交集：既为自己得到学校信任而感到自豪，又担心自己能力不足，而有负重托；既为自己进入一个新的领域而感到好奇陌生，又为自己对国际汉语教育的无知感到忐忑不安；既为未来的国汉院的远景目标感到鼓舞，也为这些计划的落实感到担忧……

我郑重承诺，我一定做个廉洁的院长，我不会领取院长的津贴，不会收取国汉院任何名目的一分钱，我为国汉院做的任何事情将完全为义务行动，不会接受经济酬报，我在中文系完成的绩效会去向中文系索取，中文系我现在还兼着系主任，他们不好说什么。过不了多久我会卸任，到那时候我不知道他们会不会骂我吃里爬外。

我会设法强化学院班子的内在团结，以民主的理念来参与学院的管理，我也在得到广泛共识的基础上，推行我熟悉的中文系的若干合理化做法，希望对那些更加热心于学科建设的老师们，得到更多的物质鼓励，同时，我也会尊重国汉的历史和现实，不会进行任何剧烈变革。也就是说，我愿意做加法，不愿意做减法。

希望在未来的几年里，学院在原有的基础上继续上行，当然，最重要的是学科的提升。这是学校领导给我下达的终极任务。

我会多观察、多学习、多思考，也期待老师们对我多指点、多批评，并提出宝贵建议。校领导告诉我，国汉的老师一个个非常善良厚道，易于沟通和交往，我有信心得到你们的理解和支持！

再次感谢大家！

忠诚于真理
——华东师范大学中文系 2020 届毕业典礼致辞

各位同学：

下午好！

首先，我祝贺大家完成学业，开启人生的新篇章！今年的毕业典礼首次采用线上和线下同时进行的方式，这当然显示了科技昌明给我们带来的远距离沟通的便利，但更充分表现了我们应对疫情的无奈。新冠病毒从去年年末对人类社会开始发动攻击以来，迄今为止并没有减缓它肆虐的强度，我们依然没有寻找到对付它的有效武器。因此，全球社会也承受了二战以来最为深重的灾难。这些灾难不仅仅包括生命财产的损失，而且还包括我们精神世界所感受到的黑暗和暴力。特别是，新冠疫情本来可以带来更广泛的真诚合作，但实际上，它在许多方面加剧了人类心灵本已存在的裂痕和创伤。在美国，政治正确的支持者们与新自由主义的拥护者们相持不下。在中国，有所谓前浪和后浪的冲突，有左右之争。对同样事实发出不同的评判，本属正常，但如今，歧见双方往往寸土不让，分毫必争，相摧相激，相争相评，相互之间自认占据道德制高点，将自己的逻辑往最锐利、最极端处发挥，而不给对方留下任何言论余地；即便在亲友之中，一言不合，就将对方拉黑，这种情况，也并非罕见。这是我们所共同面临的言论环境。对我们这个时代这样一种精神氛围的感受，让我想起了明清之际的大儒王夫之，他痛心疾首将他置身其中的时代风气称之为戾气，并且认为弥漫在整个晚明社会包括君臣之间的这种严酷苛责、好勇斗狠的社会习性，应该为大明帝国的死亡承担责任。无独有偶。明末有一位医学家吴有性，在其《温疫论》中指出："夫温疫之为病，非风，非寒，非暑，非湿，乃天地间别有一种异气所感。"这种异气，也就是邪气，他命名为"戾气"。当然，他说的这种戾气可能具有更强的物质性，它显然与王夫之提到的那种作为宽仁中和之气对立面的戾气遥相呼应。

当然，我们并不生活在明季。任何一个不抱偏见的人都会承认，四十年来，中国社会取得了令人瞩目的辉煌成就。然而，毋庸讳言，整个社会在智性的进步上还有许多路要走。我不想探讨当今世界何以出现普遍性的社会撕裂，我愿意跟大家一起思考的是，在面临这种挑战之际，我们可以做些什么。半年多来，我们目睹着医护人员英雄们为保护我们的生命安全，做出了可歌可泣的贡献，甚至做出了壮烈的牺牲，值得我们永远铭记在心。在座的和在线的各位，是不是曾经发出过"百无一用是书生"的慨叹？作为人文学科的书生，我们读书何用之有？

　　这里我想做个我个人的回答，那就是我们最低限度还可以保持住对真理的忠诚。在这里，我并不想把这个问题引入哲学的思考，我不想论证真理是什么，这方面我显然也很业余；我只想跟大家分享我认为是常识性的两个看法。这两个看法肯定既不全面，也不系统，更未必深刻，但我相信，正是我们遗忘了包括这两个看法的常识性观念，我们才会时常处在话语的暴力冲突之中。

　　首先，我想说，我们在追求真理的过程中，一定要遵循客观化的原则。特别是，我们要有自我反思、自我批判的意识，不能自居为真理化身。马克思曾经有过一句名言："真理是普遍的，它不属于我一个人，而为大家所有；真理占有我，而不是我占有真理。"这实际上是指出，个人所持观点并非属于个人所有，而属于公共领域；它也要求我们对自己是否达到真理性认识，保持一种谦逊和警醒的态度。对中国古人来说，这个叫澄怀观道，对阿多诺这样的新马克思主义者，叫做"客体性优先"。我们应当尽可能多地摒弃自己先入为主的主观意识，并要求自己聆听别人的声音。但说到别人的声音，这就有可能是我们不喜欢听的声音。这正是韦伯在《学术作为志业》的著名演讲中提请我们注意的。他说："如果某人是个中用的教师，那他的首要任务就是，教他的学生承认不愉快的事实，我所说的不愉快，指不符合自己的立场观点。对于任何立场观点来说，也包括对我个人的，都有这种不愉快的事实。我相信，如果一位大学老师能够迫使他的听众习惯于这类不愉快的事实，那他所取得的，就不仅仅是知识成就了，我会不客气地使用'道德成就'这个说法。"他又说："事物虽然不美、不神圣、不善，却可以是真的，还不仅仅如此，真就真在不美、不神圣、不善上，这是一个日常真理。"显然，在确认自己完全正确，相信论辩对方是脑残、弱智、汉奸、公知、自干五等等的基础上，真正的富有真理性的讨论是不可能的。在此之时，我们并不是表达对真理的忠诚，而是对自己价值观的表达，甚至是对某种激情的宣泄。如果缺乏了宽容精神，如果我们还是以斗争思维来抹黑跟自己观点不同的人，如果总是用价值论的是非来替代认识论的真伪，我们的争论就会变成不具建设性的争吵甚至争斗，我们就会不断再生产当代特色的戾气。

我丝毫无意说一个人可以随便放弃自己的价值立场，绝不是说，此亦一是非彼亦一是非，也绝不赞成，为了获得某种虚假的和解幻象而敉平所有论点的锋芒。科学哲学家巴什拉说："真理只是在争辩之后才会呈现其全部意义。不可能存在第一性真理，只存在第一性谬误。"争辩当然是极端重要的，而且，这与我想要提到的第二个论点紧密相关，它来自二百三十六年前康德发出的呼吁：要有勇气公开地运用我们的理性。这里我想强调的重点是勇气。真理的探索是艰难的，是因为我们大部分时候是不思考的，我们的行动是被构成我们日常经验的信念和既有的知识体系所支配的,我们喜欢答案不喜欢提问,我们喜欢安全,而不喜欢我们的精神体系受到威胁。要想获得真正的新知,就要有向我们熟知的感知框架或解释系统宣战的勇气。这不仅仅对科学真理如此,对社会真理也许更是如此。要想获得真正的新知,就要有向我们熟知的感知框架或解释系统宣战的勇气。这不仅仅对科学真理如此,对社会真理也许更是如此。六十多年前,彭德怀为了纠正"大跃进"的错误而上万言书,这种为民请命的壮举,是需要勇气的;而在政治正确成为普遍性真理的美国社会,非裔女性保守政论家欧文斯说弗洛伊德不是英雄,她也是需要勇气的。勇气有大有小。我们也许没有"虽千万人吾往矣"的伟大勇气,我们也不该要求每个人能够拥有这样的理想和激情,但是,如果某些外部形势期待我们撒谎,而我们依然能够保持沉默,这也是一种忠诚于真理的勇气,依然值得赞美。

我一方面强调客体性优先,另一方面又要坚持主体性的言说勇气,我相信论辩双方也许处在追求真理的不同层次和阶段上,并不必然产生你死我活的冲突,这样的构想是否是一个乌托邦?也许是。但至少,在宋代,无论是王安石和司马光之间的新、旧党之争,还是朱陆之间的鹅湖之争,都显示了君子之争的磊落胸襟和浩荡情怀。我不了解实际上充溢于朝野之间的这种圣贤气象,是否是中国文化能够"造极于赵宋之世"背后的社会条件?我也不知道,伴随着对真理的共同的追求,我们是否能够在积极的论辩中更多地消解怨毒之气,更多地以物观物而不是以我观物,更多地对对方立场加以同情性理解,并在他者化的视野下,能够更好地审视、拓展并提升自己?无论如何,我们的大学生涯的首要意义,就在于求知、明理。如今,我们即将告别校园,也将成为负有更大责任的社会成员,如果我们立志守住清明的理性,也许我们就为未来的社会,带来了幸福的承诺。而这首先就要求我们忠诚于真理。

年轻的朋友们,未来属于你们!愿真理之光,永远照亮你们前行!

谢谢大家!

漫长的感谢与告别
——华东师范大学中文系卸任讲话

尊敬的曹书记、程部长,尊敬的各位老师:

中午好!

从2009年我被任命为系副主任以来,除了2015年因为出国访学终止职务,一直都担负着为中文系服务的责任。这说来是有点奇怪,从小我就反对领导,我的个性也不适合做领导,无数次急流勇退的念头在我心头涌起,但是我竟然还是挣扎着做了十年系领导。这是我终生引以为豪的殊荣,在这个过程中,我接触了很多人物,经历了很多事件,学习了很多道理。因为我是系主任，我不仅仅可以透过一个教研室普通老师的视角，而且能够站在全系的角度看问题；又因为我们是中国最好的中文院系之一，这又让我获得一个特权位置，可以站在我们整个学科的前沿来展望现在、过去和未来。我获得了人生至为难得、至为宝贵的精神财富。

我今天的卸任致辞，主题就是表达我内心的感激之情。首先非常感谢老师们当初推选我，感谢学校领导支持我。因为我们学科发展态势良好，校领导对我们系也特别重视，在各种资源上也有所倾斜，校领导和职能部门领导太多，我就不一一唱名赞美了。

感谢我的两位前任，陈大康老师和谭帆老师。他们利用自己巨大的社会影响，到处为我延誉，其实是赠送了我大量的社会资本，让我获得了很多学术圈内外的人脉资源。对系里的事务，他们总是愿意为我积极出谋划策，但是从来不为我下指导棋。

感谢前前任书记余佳老师，他是一个摆脱了低级趣味的、光明纯洁、干净利落一点也不暧昧的人，感谢前任书记王庆华老师，他是一个除了酒量不佳，很难找到其他明显缺点的人。感谢前任副书记王志，有了他的指挥若定从容不迫，我就觉得我们学生系统有了保障。

感谢中文系的所有大牌教授们，无论是我们的紫江讲席教授胡晓明教授、臧克和教授、刘志基教授，长江学者方勇教授、朱志荣教授，还是中国现代史料学的权威陈子善教授或中文系成名最早、手持红本本享受免费医疗的殷国明教授，都从来没有对系里耍过大牌，都拥护我们中文系的各项规定，没有丝毫特权意识。

我们教研室辛苦的教主们：彭国忠教授、罗岗教授、王峰教授、范劲教授、白于蓝教授、郑伟教授和王意如教授，承受着中国其他中文学科的教研室主任所难以承受的工作压力，你们既要做排课这样琐碎的事务，又要进行组织二级学科的建设这样关涉未来的筹划，你们都是痛并快乐着的好教主。尽管有的教主例如白于蓝教授偶尔会嘟嘟囔囔表达抱怨，但抱怨完了，该完成的任务一样也没拉下。他的嘟嘟囔囔其实证明了他的可爱。

感谢顾宏义教授良好的合作精神，顾老师良好的酒德显示了他的豪爽性情。感谢古籍所的所有老师们，你们挂靠到我们中文系来，就迅速融入到中文系这个大集体里来了。我没有听到你们任何批评性议论，没有人来反映自己被中文系排挤欺负，你们迅速体认到自己既保持古籍所教师的身份，同时又是中文系的一员。尤其让我高兴的是，刘成国教授今年入围青年长江，为中文系带来了光荣。

感谢以刘志基老师为主任，以朱志荣、罗岗老师为副主任、以归青老师等人为委员的系学术委员会！感谢以彭国忠老师为主席、以文贵良、顾宏义老师为副主席、以王意如老师等人为委员的学位分委会！感谢以吕志峰老师为主任、以徐默凡、张春田老师为副主任、以朱惠国、刘阳、杜心源、杨焄、倪文尖、韩蕾等老师为委员的系教学委员会！感谢以文贵良老师为组长、以刘旭、李舜华、罗争鸣、金雯等老师为成员的研究生培养督导小组！你们的倾心付出，是我们整个中文系成功运作的制度保障！

感谢徐燕婷、曹珊珊老师率领的行政队伍，除了陈毅华、邵杰老师外，基本上是"娘子军"，基本上都是才女加美少女，永远十八岁，而且除了吴晗博士这样罕见的例外，基本上都是牺牲小家以成就大家的，我的意思说，很多人忙得没空找男朋友。向你们致敬！同时也恳请各位老师们对我们这个红粉兵团有更具体的关怀！很遗憾，这事情我不擅长，我曾经撮合过一场婚姻，但最后男女两造以离婚收场。但我相信在座各位大神能行，能有神通。

感谢风媛、嘉军、拥华、春田，感谢这些可怜的系主任助理们，没有他们没日没夜的包括表格填写之类的各类作业，我们中文系 A 类学科是拿不到的。说到这里，我要透露一个秘密，拥华经常为我捉刀代笔，不少讲话或者致辞，其实是他替我起草的。但是，他丝毫没有觉得有何委屈，至少我没看出来。有一回午夜时分，他喝多了，给我发微信说：他生是华师大的人，死是华师大的鬼。当然，他不会死的，因为他是汤神。至于嘉军受到多少委屈，我就不那么有同情心了，谁让他历史上做过我的学生呢？活该如此啊。

感谢方笑一老师，他加盟到中文系领导班子，他不停地为古籍所老师们的利益发声，我就知道古籍所会跟我们有更深的、甚至无缝的融合；感谢徐燕婷老师，她不仅不停地为行政人员的利益发声，而且，她长期以来是为中文系守家护院的总管家，她无穷的精力与出众的能力想必给全系老师留下了深刻的印象。感谢吕志峰书记，在我看来，如果中文系选举"为中文系操碎了心的人"，那第一名毫无疑问，就是为我们呕心沥血、为我们兜底、为我们提供最后安全感的吕志峰老师！感谢文贵良老师，我做系副主任，他做我的助手，等我做了系主任，他又做了副主任。一路走过来，华东师大中文系最近几年发展得不错，人家都夸我干得好，其实是我系的全体老师干得好，尤其是贵良这样的实干家发挥了砥柱中流的力量。我说贵良啊，我们能不能办个创意写作硕士点啊？我们能不能搞个夏令营啊？他说疼（按，模仿湖南口音，发音在 ten 与 tun 之间）意！而事情就那样成了。老朱动动嘴，贵良跑断腿。但是尤其让我感谢的，是贵良愿意勇挑重担，愿意扛起系主任的旗帜。华东师大中文系有优良的传统，我们既重视每个人的个性，我们欣赏性情中人，同时，我们又有集体的家的温暖。我们融合了中西的优点。从这个意义上来说，我们中文系还真可能是中国最好的中文系。贵良，你接任系主任，要求你耗费巨大的智力和精力，要求你的全方位牺牲，辛苦你了！但是我相信这是值得的。谢谢你！

去年年底，我们欢送庆华离任，结束的时候，我发现我们的工会主席刘晓丽教授呆呆地坐在座位上一动不动。我问为什么？她说舍不得。最后的感谢，也是最重要的感谢，留给像晓丽这样的老师，留给我提到名字的，但尤其是没有提到名字的所有老师。很抱歉我的致辞已经十分冗长，不能一一提及大名。但正是因为你们一丝不苟地备课、讲课、带实习、批改论文、撰写论文、组织读书会、给学生答疑等等，才让我这系主任的四年，感到幸福美满！正是因为你们听从了职业伦理的内在召唤，正是因为你们在平凡岗位上的默默坚守和辛勤奉献，才把我带到人生的巅峰。谢谢你们！谢谢！

澡雪精神、沉潜经典

——华东师范大学国际汉语文化学院 2020 年开学典礼致辞

各位同学:

上午好!

首先祝贺你们!祝贺你们,战胜新冠病毒给你们制造的各种磨难,成功考入美丽的华东师大!祝贺你们的人生由此翻开了新的一页!我谨代表国际汉语文化学院,欢迎你们的到来!

我读大学的时候,认为在丽娃河畔漫步、在夏雨岛上放歌,是一件幸福的事,直到后来我跟随中文系搬到"闵大荒",才发现在中北校区读书,还是一件幸运的事。这样幸运的事今天就给你们撞上了。我们的校友，诗人宋琳曾经说过："如果这世上真有所谓天堂的话，那就是师大丽娃河边的一草一木，一沙一石。"不仅如此。我们现在还处在繁华都市中心，西边是长风公园，4A级风景区，东边是环球港，5星级购物中心。吃喝玩、游购娱的诱惑将会时时刻刻摇荡你们的心旌。各位都是大好青年，秦少游说"韶华不为少年留"，而他的老师苏东坡则说"诗酒趁年华"。各位为了考入华师大，想必攻苦食淡、目不窥园，已经苦行多年，如今心想事成，也许正是大赦自己各种正当欲望的时候了。

但是！你们知道我肯定会煞风景地说但是的——如何有节制地控制或者释放自己的合法欲望，这不是我首先关心的事情。你们来到这里是读书的。所以我想要跟你们谈谈的，还是读书的道理。显然，在读书领域里面纵欲，放任自己的求知欲纵横书海，是我更感兴趣的事情。

说到读书，我们总会想起一位古人的名言："书中自有颜如玉"、"书中自有黄金屋"。他把读书与功利目标毫不掩饰地联系在了一起。这位古人是谁呢？他竟然是大宋皇帝宋真宗。我们中国是世界上最重视教育的国家之一，这可能造就了我们灿烂的文明，但是，对很多人来说，教育本身不是目的，只不过是改变命运的手段。我不想说，应试教育通过死记硬背的方式摧毁了想象力与反思性判断力，我们有时候为了追求公平不得不接受某些巨大代价；但是我迫切地期待你们，在进入这所大学的时候，能够重拾读书本身的乐趣，也就是说，以儿童般纯真的陌生感和好奇心、以侦探般的敏锐感受与严谨求索、以恋人般的痴迷流连与献身激情来重启读书生涯。说得更直白一点，我希望你们，与以前可能不尽健康的读书习惯做个彻底的了断。

首先，我们许多同学，阅读的书主要是教材，或者教辅书。不仅仅许多高中生如此，甚至不少研究生也同样如此。我们也许可以打个粗俗的比方：通史通论一类教材不过类似于鸡精，而经典著作才是鸡肉。鸡精看似萃取了鸡肉的精华，但是它不过是刺激我们直接食用鸡肉兴趣的调料，也就是说，教材不过是激发我们阅读经典的辅助手段，通常它也破坏了经典的结构、表达和意义纵深，但遗憾的是，在今天鸡精一样的教材变成了我们的文化主菜，而鸡肉一样的经典，却变成了我们的文化甜点。实际上，教材给我们提供现成答案，剪除我们想象的翅膀，而经典展现论证过程，带领我们一起进行精神的历险；教材常常是全面的、清楚的、透明的，但也是石化的、风化的、一览无余的知识体系，而经典则可能是片面的、晦涩的、挑战性的，它保留着经典作者在窥见真理之光时的灵氛（aura）经验和新鲜气息，它是召唤你与它共情的活生生真理本身；教材以非个人化的全知全能视角叙事，冒充自己是真理的化身，而经典往往以个人的有限视角论述独见，并将自己置于批判性质疑之中。请原谅我利用这个仪式性的讲话表达了自己可能的偏见。我并不否认，教材在我们这个具有大一统传统和历史的国家里，具有统一思想文化与塑造国家认同的重要意义。但是显然，再好的马克思主义教材也替代不了马克思的《资本论》。我的一个极端看法是：正是因为我们对教材毫无保留的接受，才使得我们许多同学狮子咬天、无从下口，无法找到自己的问题意识，不知道如何富有学理意义地切入具体问题。我们有多少同学在寻找学位论文的选题时，抓耳挠腮，坐卧不宁，最后不得不请求导师出谋划策的呢？我希望在座的诸位，未来不要央求导师为自己的论文命题。

其次，真正的读书之乐，粗略地说，其实并不是感官之乐，而是理性之乐，推进一步，也可以说是禁欲主义之乐，是由痛感转化而来的快感。那些取悦于我们常识、顺从于我们情志的知识，能给我们带来的，仅仅是肤浅的快乐。当然，我承认，感官的快乐或者肤浅的快乐也构成了我们幸福的一个重要维度，但是使得我们读书人引以为豪的，毕竟还是那种隽永的、有深度的、令人三月不知肉味的灵魂喜悦。对经典的阅读，可能会把我们带离安全的经验领域，会让我们产生惊愕、厌恶、愤怒和痛苦，因为它挑战了我们习以为常的精神秩序：哥白尼说太阳是宇宙的中心，弗洛伊德说力比多是人类的驱动力，马克思说私有制是万恶之源，鲁迅说中国礼教社会的本质是吃人……当我们觉今是而昨非的时候，我们才会发现我们的智性空间已经得到极大地开拓，我们的心灵已经吐故纳新甚至脱胎换骨。在我看来，一个人，如果没有弄懂几本难懂的书，如果没有经历从蹙眉苦思到手倦抛书、从废书慨叹到豁然开朗的过程，怎么好意思自称自己是读书人呢？从历史上来看，读书这样的事，本来是贵族的趣味，有钱有闲的贵族阶层摆脱了生活紧迫性，可以从容读书思考，而今天，我们有幸生活在一个文化更昌明的时代，我们一介布衣，也可进入华东师大这样追求卓越的高等学府专职读书。但要让我们配得起这所学校的伟大理想，我们必须进入真正的读书状态。

然而，强调"物物而不物于物"的主观精神，或者顾盼自雄，以"尽挹西江，细斟北斗，万象为宾客"的心态居高临下地读书是不可取的。那样会把书中宝贵的精神财富肢解为你既有认识的思想材料。有些朋友太热衷于批判，今天批这本名著，明天批那部经典。如果书的价值仅仅在于它们值得批判，那又何必浪费时间去阅读它们呢？我们读书不过是为了汲取智慧的养分。值得推荐的是刘勰的话，他说："陶钧文思，贵在虚静，疏瀹五藏，澡雪精神。"文学构思需要收视反听，经典阅读同样需要虚怀若谷。正是涤除心灵的成见，勉力打开心扉，我们读书的时候才能体认新知，"静故了群动，空故纳万境"，苏东坡早就讲出了这层意思。

这样的道理，也同样可以用来指导我们去阅读人生与社会这样的大书。在大学，接受教育的过程，也是社会化的过程。我们要认识老师和同学，认识自我和他者，认识大学，认识上海，认识江南，认识社会；对我们来自各国的外国留学生来说，还要认识中国。你们会看到，现实的中国与你们的媒体中国存在着许多不重叠的地方。

陆游有一首著名的劝学诗，想必你们都耳熟能详："古人学问无遗力，少壮工夫老始成。纸上得来终觉浅，绝知此事要躬行。"怎么说怎么想，当然是重要的，但是怎么行动可能是更重要的。现在，我算是完成了我的理论任务，接下来如何实践，还是要看同学诸君了！

谢谢大家！

2 0 2 1

与美丽的汉语同行

——华东师范大学国际汉语文化学院2021届毕业典礼致辞

各位同学：

下午好！

又到了临别赠言的时刻。首先祝贺大家顺利完成学业，赢得人生又一次高光时刻。很抱歉，我不善辞令，讲不出曼妙华彩的诗意文句；人也日渐衰朽陈腐，不熟悉年轻人的新潮话语，没有共情能力，只能讲些冬烘道理。这些道理对同学诸君不知道是否空洞，不过对我来说，都还是真切的体会。

诸君无论是我们本土学生，还是国际留学生，在这里学习的都是对外汉语教学。我觉得各位是幸运的。我这里主要不是说，华东师大国际汉语文化学院是中国最早的对外汉语教学单位之一，我们的教学科研能力在国内居于前列；我更想说的是，能学习一种美丽的语言，并可能在未来向其他民族教授这种语言，是幸运的。我这里首先想讲的，是汉语的美。

语言学家赵元任曾经列举过汉语八大特点，他提到的第一点就是简单和美。简单，是指汉语大多数词素是单音节，语法上也缺乏形态变化。美，是指汉语不仅仅有四声声调，而且有语调。他很形象地指出："字调加在语调的起伏上面，很像海浪上的微波，结果形成的模式是两种音高运动的代数和。"赵元任说的汉语之美，主要是指汉语的音乐美：即便是根据平仄规则编写的一段汉语菜谱，朗读起来，也能产生诗歌的效果。但汉语的所谓简单，其实具有更强的美学意义。试看华兹华斯的诗句："I wandered lonely as a cloud."同样的意思，李白的句子是"浮云游子意"，是不是就显得更加自由洒脱?我们还可以像诗人叶维廉那样发问:英语世界的人,该如何理解"云山"?是clouded mountain(云盖的山)?还是cloud like mountains(像云的山),或者是mountains in the clouds(在云中的山)?实际上,"云山"一词包含了"云"与"山"的多重关系,因此兼容了三种情况。我们还可以考虑一下,马致远著名的《秋思》中的诗句该如何翻译:"枯藤老树昏鸦,小桥流水人家,古道西风瘦马。"我们不知道有几株枯藤,有几只昏鸦,不知道老树是否在小桥边,也不知道瘦马是否在饮水。我们缺乏适当的单数复数、介词精准地描绘这幅图画,我们也不知道它是过去或现在发生的事实,或是诗人的想象图,因为这里没有表示时态的动词。从科学分析、逻辑演绎的角度来看,这首散曲的叙事是模糊不清的,但从文学的观点来看,这恰恰证明了少少许胜过多多许的诗学法则,因为它帮助我们回到理性发生认知作用之前的状态,叶维廉称之为指义前的状态,也就是还来不及分辨时间、空间和因果关系的刹那间的混沌状态。它保留了人类经验的完整性。

我们都知道,《圣经》中有一个巴别塔的故事。上帝挫败人类建造通天塔所采取的策略,是让人们说不同的语言。上帝可能要么忘记了对中国采取同样的策略,要么采取了但没有获得同样的成功。尽管我们每个不同地方的人汉字发音并不相同,比如我的家乡南通,南边的启东、海门人说的是吴语,而我们如皋、如东、海安说的是江淮官话,然而启东海门人并没有成为吴族,我们也没有成为江淮族,我们都同属于汉族,因为我们保留了远古传承下来的汉字,各地区发音不同,并不影响我们对它的共同理解。汉字是否有利于形成汉族的大一统观念,这不是我关心的事情;我想要说的是,汉字其实在某种意义上就是中华民族的通天塔。汉字并非像印欧语言的拼音文字那样是符号标记,如果是那样,那就是汉语拼音符号了;它也并非楔形文字那样的原始书写系统,它本自具足,它既能表征汉语，又具有独立性。不知道是否可以说，只有在中国，才会有真正意义上的文字学，才会有世界上独树一帜的书法艺术。古人传说，仓颉造字，天雨粟而鬼夜哭。显然，汉字是个几乎不可能的奇迹。

本雅明认为，我们日常使用的语言是贬值了的语言，因为它是交流的工具，而纯粹语言则是对精神内容的传达。精神内容在语言之中而非通过语言来传达。如果是借助于语言来传达，那么这里的语言对于精神内容就具有了一种支配性。但在纯粹语言中，词与物保持着非暴力的、也就是交互主体的亲和关系。也许没有哪种语言比汉语更接近所谓纯粹语言了。这并不是说汉语没有工具性，而是说，汉语跟世界的关系，比起其他语言系统而言，更不像是一种占有关系。《周易》指出："书不尽言，言不尽意。"中国先民是通过放弃对语言符号的信任来达到这一点的。黑格尔批评汉语无法像德语那样，作为科学语言精密地把握对象。这也许有一部分道理。是的，欧洲语言能够用时态、单复数、定冠词、阴性阳性以及复杂的句子结构等手段，牢牢地锁定对象，将事物紧紧束缚在它的有限性之中，就像欧洲人利用透视法来固定绘画对象一样。然而，汉语与世界的关系更接近一种松散的模仿关系，它在一定程度上不是以征服自然、操控自然为能事，而在语法的自由中尽可能让自然保持着自在状态。这样的语言，无疑天然地倾向于表现美。"云对雨，雪对风，晚照对晴空。来鸿对去燕，宿鸟对鸣虫。三尺剑，六钧弓，岭北对江东。人间清暑殿，天上广寒宫。两岸晓烟杨柳绿，一园春雨杏花红。两鬓风霜，途次早行之客；一蓑烟雨，溪边晚钓之翁。"这些清新自然的诗性意象，在我们儿童读物《声律启蒙》中俯拾皆是。

维特根斯坦说，想象一种语言，就意味着想象一种生活形式。我们的汉语如果是美的，那么，汉语所建构的文化当然也应该是美的，这样的美，首先是通过对外物的谦抑自守的态度来实现的。我们的哲学是美的，老子讲无为而自化，庄子讲乘物以游心，都强调天人合一，赞扬万物平等的观物态度；孔子的生活理想，不过是"浴乎沂，风乎舞雩，咏而归"；我们的宗教是美的，这不是说，"天下名山僧占多"，而是指坐忘心斋、澡雪精神的那种体验。川端康成是这样描述坐禅经验的："禅宗不崇拜偶像。禅寺里虽也供佛像，但在修行场、参禅的禅堂，没有佛像、佛画，也没有备经文，只是瞑目，长时间静默，纹丝不动地坐着。然后，进入无思无念的境界。灭我为无。这种'无'，不是西方的虚无，相反，是万有自在的空，是无边无涯无尽藏的心灵宇宙。"我们的日常生活，我们的琴棋书画和金石玩好，我们的茶艺和花道，我们的造园、烹饪甚至武术，都是美的，因为我们虽然不乏玩赏的高致，但更重要的是遵循着自然之理，避免盲目的主观意志的粗暴入侵。从主流的角度来看，中国的文化是尚柔的，当然，柔中有刚，温而能厉。这样的汉语文化也许本身就具有一种化解戾气的力量。在春秋时代，外交官们要引用《诗经》委婉优雅地表达政见，避免粗野骄横的暴力语言；在南北朝时期，选派的外交官往往是一流文人，每次使节交聘都能成为两国文化实力的展示和竞争，而使节的才华风度往往能让他国君主所倾倒。孔子说："远人不服，则修文德以来之。"这才是中国古已有之的文化自信。

当然，必须承认，秦始皇的焚书坑儒、历代阳儒阴法的帝王术以及李逵无差别"排头砍去"的游民文化也是中国文化的一部分。更何况，中国经济的高速发展，使得我们获得了更富足物质生活的时候，也部分丧失了中国文化的精髓。举个简单的例子，中国古人给自己别墅取名，何其谦逊："拙政园""退思园""愚园""近园""可园""也是园""半园""非园"，但是，我们打开房产网，查看上海的楼盘名，敲个"皇"字，有"皇都花园""皇廷御府""皇朝别墅""皇家花园""皇宫半岛"；敲个"帝"字，有"帝亭""帝豪苑""帝景园""恒大帝景""宝华帝华园"；敲个"金"字，有"金谷村""金融家""金钻苑""金臣汇"

"金帝豪苑"……这些命名何等嚣张飞扬，毫不掩饰地炫金耀银、追慕富贵。再举一个更沉痛的例子。最近复旦的暴力事件引发的舆论风暴让人艰于呼吸。网民以压倒之势声援施暴者而非受害者，对赤裸裸暴力的谴责让位于对"非升即走"等机制的谴责。我们能有什么评论呢？我们是应该重新检讨高校市场化、公司化的方向是否正确？或是否应该反思，在戾气已经侵入到优雅学府的核心地带的时候，我们的社会发生了什么？被绝望情绪所驱使的草根阶层的激越声音，是否得到了全神贯注地聆听？温良恭俭让的精神传统赖以滋养的社会土壤，是否需要加以修复？

但是，各位同学，作为文化交流的可能的未来使者，你们应该学习和领悟中国文化的精华，你们应该熏陶其中，并且现身说法地告诉异邦的人，汉语文化是地球村共有的精神财富，值得人们观摩、欣赏、学习、借鉴，甚至涵泳其间。当然，我这里丝毫无意说，汉语是世界上最好的、唯一值得掌握的语言。我反对任何形式的语言帝国主义。哲学家牟宗三认为,人作为有限的存在,总是通过某种特殊的通孔来认识世界的。通孔当然是一种限制,但是人的精神恰恰通过这个限制才得以表现。我们可以说,汉语民族可以通过汉语这个通孔来认识世界,同样,英语民族也通过英语来展示心灵。同学们呐!请告诉异邦的人,如果我们既能够掌握英语又能掌握汉语,如果能够服膺于休谟严密的逻辑同时,还能醉心于王羲之的冲淡玄远,那我们就赢了两次。

同学诸君,此时此刻放眼全球,可谓关河冷落、残阳如血。过于张扬汉语乌托邦的重要意义,也许显得过于浪漫和一厢情愿。然而,面对困局,不必去问最后的解决方案是什么,也许一劳永逸的方案永远不可能存在;但我们要问一下自己,我们能做什么。你们,作为汉语的学习者、守护者和传播者,即将告别丽娃河,踏上征途。前程漫漫,道阻且长。你们任重而道远。作为国汉院院长,我希望你们,不仅将汉语教学视为啖饭之道，而且也在这样的职业生涯中感到幸运、光荣和骄傲。去吧，孩子们！请原谅我冗长的叮咛，请收下我美好的祝福，最后，请将汉语的美名传遍四方！

"乌托邦"探险

——华东师范大学比较文学系成立大会致辞

各位领导、各位老师:

下午好!

我首先要表达感激之情,我当然感谢的是我能够直接够得着的,就不感谢CCTV啥的了:感谢以马箭飞主任为首的语合中心的领导,感谢以钱旭红校长为首的华东师大校领导,你们为华东师大比较文学系的创立给予了战略意义的支持和背书;感谢云中漫步的嘉宾们,你们其实是云上的群星,照亮了比较文学的星空,你们为我们比较文学系的发展进行了学术合法性的论证；感谢线下的华东师大的同仁们，包括我们以校长助理吴瑞君教授为首的职能部门领导，袁筱一、范劲为首的校内专家，我们以黄美旭书记为首的全部班子成员，无论是台前的叶军、丁安琪教授，还是幕后的文娟副院长、王志副书记，以及更多的会务老师，你们让会议充满了节日的喜庆色彩；最大的感谢请允许我奉献给金雯教授，这是我们会议的灵魂人物，她一丝不苟、公而忘私的长时间投入值得我们钦佩和学习。

在上个世纪八九十年代的时候，比较文学曾经是文学研究领域最璀璨最诱人的学术乌托邦。我自己1986年发表的首篇论文，也是对中外两个作家的比较。1994年，我曾经企图以同等学力的身份考入北大，师从乐黛云先生学习比较文学。尽管我不自量力的企图破产了，但是，比较文学的梦，在我心中一直挥之不去。很奇怪的是，几十年过去，比较文学在我们这里并未得到我想象中的充分发展。首都师大确实办过高质量的比较文学方向，但很遗憾，后来却无疾而终，不再招生；而四川大学的比较文学专业始终未能实体化。比较文学在许多大学保留着二级学科的位置，并没有像域外许多一流大学那样，作为本科教育的一项重要内容。

但比较文学学科自身有着悠久而灿烂的历史，它一直以其巨大的魅力激励着知识人投身其中进行智力的探险。而且，在庄子所谓"道术将为天下裂"的今天，人民之间的对立和撕裂越来越成为令人触目惊心的事实。我不知道是不是可以说在这样的情势之下，比较文学还被赋予了寻求和解的道义使命。在我看来，要讲好中国故事，必要的条件之一就是要将中国故事加以客观化，要在文明互鉴、在对别的文化有平等尊重的叙事框架下，一个中国故事才有可能是好的故事、让人心悦诚服的故事。看不到他者价值的人类命运共同体可能是脆弱的。这就让比较文学具有了超越纯粹知识学、回应国家要求的价值。

华东师范大学国际汉语文化学院成立比较文学系也许有着得天独厚的条件。我们华东师大中文学科、外语学科都是Ａ类学科,走在全国的前列,而毫无愧色地说,我们的汉语国际教育更是名列前茅。正如我们的会议主题所彰显的那样,国际中文教育的核心之一在于我们要提升中文的国际传播能力,但是,如果中文仅仅是作为一种语言工具,它还只是停留在技而非道的层面上。让比较文学走入国际中文教育的领地,会使得这块领地的诸多文化可能性空间重新打开,成为更迷人的精神沃土。

当然,上述构想也许满足了我们的领导和专家的某些期待,但它目前仅仅是蓝图,尽管这幅蓝图已经部分进入实质性操作阶段,比如,我们明年就开始启动比较文学专业方向的本科生招生。我们能够赞扬先民中第一个吃螃蟹的人,但实际上很有可能,无数那些尝试吃野禽或毒草的人一吃就死了。我们希望成为这个领域中第一个吃螃蟹而存活下来的人,也希望置身于国际中文教育领域的兄弟院校们能够快快行动起来，成为第二个第三个吃螃蟹的人，让我们比较文学从此成为国内人文学科的一支重要力量。很抱歉，话说到最后，我不厚道地把各位对我们的期待，转换为我们对你们的期待了。

谢谢大家！

2 0 2 2

想象一个未来的世界

——"认识元宇宙：文化、社会与人类的未来"学术论坛致辞

尊敬的任主席、顾校长，尊敬的各位专家学者和朋友们：

早上好！我受《文艺理论研究》编辑部、《华东师范大学学报》执行主编付长珍教授和《探索与争鸣》叶祝弟主编的嘱托，也来讲几句。

1984年，当时我还是华东师大中文系的大三学生，读到了一本书：《增长的极限》。有一个叫罗马俱乐部的国际组织，在一系列数据分析的基础上，对人类经济与人口的增长进行了较为悲观的预测。这本书

让我产生了犹如醍醐灌顶的那种灵魂冲击。我们一般人只是在埋头走路，但也有一些人在瞻望前面的路，在思考未来是否还有路可走。

近几年来，随着XR、人工智能、数字孪生、区块链、云计算等诸多新技术的深度融合，元宇宙的概念已经不再是呼之欲出了，其实已经大行其时。当然，一方面，有人将它斥之为无意义的话语泡沫和商业炒作，事实上，使得元宇宙获得直观效果的头显技术还处在初级阶段；但是另一方面，技术乐观主义和资本的逐利本能又让我们对元宇宙的未来景象不由自主产生各种期待、推想和幻想，而对这样的前景，有人悲观绝望，有人欢欣鼓舞，当然，也有人悲欣交集。尽管黑格尔告诉我们，密涅瓦头上的猫头鹰在黄昏的时候才开始飞翔，一个事情在完结的时候我们对它才能产生客观的理解；但是与政治和实践相缝合的马克思主义教导我们，我们可以启动历史车轮的急刹车，实现辩证的跳跃，当然也可以未雨绸缪，引导元宇宙的轨道走向更理想的预设方向。在这方面，《增长的极限》一书依然具有很强的启示意义。显然，合理干预未来走向的一个前提是，我们需要对元宇宙的可能前景，获得一些尽可能如其所是的知识。这样的知识当然需要来自于各个学科知识人的集体参与，而我们三家杂志很荣幸地愿意充当这样的平台，使得这样的知识的生产、展演和交锋获得具有可见性的上场机会。

考虑到疫情的实际情况，我们的会议采取线上线下结合的方式。因此很抱歉，我们可能会错失许多有益的直接交流机会。我们邀请了对元宇宙素有研究的一些学者，也邀请了对元宇宙技术层面知之甚少的素人。这是因为如果元宇宙社会即将来临，那么它涉及到的将会是人类的教育、经济、政治、法律、伦理、情感、文学艺术、经验结构、生活方式，一言以蔽之，人类的全部未来，它值得每个人从不同角度加以认识和理解。

感谢所有参与本次会议的发言者和受众,感谢以陈丹老师为首的会务组成员。最后,祝愿诸位哲人词客各自口吐莲花,各倾潘江陆海,祝愿你们的"舌华录"必将永远刻写在元宇宙数据云层深处。

理解失败
——华东师范大学国际汉语文化学院2022届毕业典礼致辞

各位同学：

首先，我代表国际汉语文化学院和我个人，向大家致以诚挚的祝贺！祝贺大家虽然不太顺利，但还是完成了学业。在人生旅程的乐谱上，你们演奏了自身的奏鸣曲，并可以展望如歌的行板的开启。无论如何，我们还是应该为今天这个特殊的日子，感到振奋和自豪。

我现在人在海德堡，这也是黑格尔两百年前宣布艺术终结的地方。我本以为，我已经出境访学了，可以逃脱一场毕业典礼的致辞。但是，疫情固然导致现实仪式无法实现，网络技术却能让我们跨越时空，以虚拟空间的方式重建庆典。当然，我们必须坦率承认，云端的典礼虽然给我们挽留了大学的体面，但毕竟缺乏声气神情的现场互动，这一遗憾我们将永远无法弥补。毋庸讳言，比这一挫败更难以接受的是，同学们在读期间，竟然有两三年之久笼罩在新冠病毒的阴影之下，更何况奥密克戎至今依然阴魂不散。也许，处在我这个发言的位置上，应该讲点积极阳光正能量的话。但对于我们所经历的种种失败，我们应该如何克服、超越和战胜，相关高亮健朗的道理，我想诸位已经听得很多了。而且我本人从2016年服务院系公共事务以来，在此类场合也经常保持着某种疑似崇高的调门。我并不认为这些言论都陈义过高，言过其实。不过，就像马克思所说的那样，"每一滴露水在太阳的照耀下都闪现着无穷无尽的色彩"，我们似乎不必固守同样一个颜色。所以，在这里，我们不妨换个不那么慷慨浮华的风格。我想以一个过来人的身份，一个资深学长，跟大家说说掏心窝子的话。直白地说，我想跟大家讨论一个其实卑之无甚高论的观点，那就是：学会理解失败。

想赢怕输，与趋利避害一样，植根于人类的本性。但大而化之地说，从消极的方面来看，恐怕失败对于我们来说，才是更具有根本意义的事实。人类社会在无限渺远的未来能否殖民外星球，我们固然还不得而知，但说到我们每个个体的肉身，大概率都会"同一尽于百年"，或者用鲁迅的话来说，我们的前头就是坟。权且撇开生老病死这些可能稍远一点的事，我们设定的种种目标常常因为各种情形而遭遇失败：我考研失败，我痛失恋人，我的写作茫无头绪，我的论文屡遭拒稿，我求职信如泥牛入海……我们的欲望比较多，我们的理想比较美，但现实却是：人生不如意事常十之八九。当我们遭遇挫败的时候，许多人选择的是锲而不舍，屡败屡战，自以为可以采用精卫填海的态度，知其不可而为之，从而书写属于自己的壮丽人生。在许多情况下，这种选择是英雄主义的崇高壮举：按照康德的说法，所谓崇高感的心理过程，其实有时候就是我们在面对自然暴政的时候不退缩不屈服，因此，勇气反而在我们的心中油然升起，自我尊严感反而在胸中骤然涌起。不过，康德说的崇高是有条件的：就是经验着崇高感的主体需要处在安全地带，换句话说，海啸掀起的巨浪如果与你近在咫尺，你此时不赶紧发足狂奔，还要沉浸在崇高感的自我感动之中不可自拔，那你只能是受人嗤笑的笨伯了。同样，在现实生活中，我们如果不是天才、艺术家或者精神病人，最好还是根据客观可能性来调整自己的主观期待。我们可以有许多雄心，我们当然可以为此做出艰苦卓绝的奋斗，但我们最好别跟风车作战。

更明确地说，我们在某些情况下愿意接受失败，就是愿意承认自己的局限。今天流行的成功学让我们只许成功不许失败，这很好地说明了在我们当代社会中忧郁症患者为何越来越多。但我们的传统文化其实并不强调意志的胜利,像荀子"制天命而用之"这样的思路并非主流,孔子是宣称敬畏天命的,禅宗是要破除执念的,老子说:"人法地,地法天,天法道,道法自然。"夸张一点说,他难道不是早已经表达了阿多诺"客体性优先"观念的关键要素了么?说到这里我忍不住要爆个料。以前在中文系面试的时候,最后的把关者常常是江乃兵副书记。他号称"催泪弹",因为他对考生的灵魂拷问经常是:你曾经遇到的最大挫败是什么?当人家回忆伤心往事,从而心灵破防,崩溃流泪的时候,他紧接着追问:你后来怎么样应对的?凡是说要顽强顶住、咬牙死扛、拒绝倾听他人声音的人,都会被特别标出,作为心理测试结果供讨论参考。我的老家如皋有句俗话:认下人好过。认下,就是认怂的意思。这话在我看来,话糙理不糙。承认自己某方面的无奈甚至无能,可以放下包袱,换个步伐轻装前进,这其实是一个常识,一种人生智慧,甚至更是一种勇气。我们不妨扪心自问，有几个人在没有外部压力的条件下，能够如实地表达自己的内心真实，能够决然地放弃自己的虚荣心或者说面子，能够平静而严肃地承认自己的错误？

当然，我这里说的接受某种失败，并不是主张躺平，更不是宣扬投降主义。各位青春年少，如果不思进取，宁愿啃老，那将是对自己一生最好年华的辜负甚至背叛。理解失败，只是让我们从特定形式的失败中解放出来，只为更好地认清客观的外部情势，更清醒地评估自己的主体能力，以便更合理地追求自己的理想。如果我总是考研失败，那也许该想一想考研是否是人生必由之路？如果我痛失恋人，那也许该想，天涯何处无芳草？如果我的写作茫无头绪，那也许该想，是否自己的问题意识存在问题？如果我的论文屡遭拒稿，那也许该想，是否我本就不适合学术之路？如果我求聘信如泥牛入海，那也许该想，是否该更务实地调整求聘单位？最后，我们应该将自己客观化，既不妄自尊大，也不妄自菲薄，不放弃精进努力，也愿意随缘任运，根据具体语境来调整自己的主观预期。进而言之，我们也许应该接受自己的稀松平常，接受自己就是那个路人甲，就是那个除了生日、婚礼和葬礼之外无人关注的常人。就我个人而言，我早已认识到自己作为末流学人，这辈子在思想上不敢望庄子、马克思之项背，在学术上只配做王国维、韦伯之门下书童。但我并不为此气馁，相反，我觉得，如果我不能让我的思想占领别人心房的一块角落，那么，让大师们思想的群星光辉照亮我的人生航程，这本身就让我感到无比快乐。世界这么大，岁月这么长，道路这么多，作为芸芸众生的一员，我们有权利无往而不乐。这个道理，我在年轻的时候就想明白了。在你们这么大的时候，我曾经写过这么一段话，现在不揣谫陋，复制粘贴如下："生而为人，有天盖有地载，有阳光照耀，有雨露滋润，虽体无缚鸡之力，四肢倒还健全；头脑虽愚不可及，却还知道西北东南；虽多灾多难，尚无夭折迹象；虽无才无德，也还有女友喜欢。况且可以读天下之奇书，观星空之灿烂，可以食鱼肉之佳肴，想荒唐之怪念。留恋人生，可以生儿育女以延续生命，厌弃人生，可以自缢沉江以结束生命，生而为人，不亦快哉！"文笔当然很幼稚，但这些文字最初产生于对死亡的恐惧。那时有整整两周之久我无法入睡。我在思考，既然人终有一死，人生还有何意义？就大的方向而言，这些想法迄今并未改变。

当年黑格尔宣称艺术终结时，他并不感到特别沮丧，因为他清醒地认识到，这便是现代世界的历史现实性，当然，他也乐观地相信哲学填补艺术所留下的意义亏空。二十世纪的思想家们对黑格尔的体系进行了体无完肤的攻击。但对我来说，如果我们诚实地、也不情愿地承认了失败的终极决定性，还有什么理由能拒绝理性乐观主义的召唤呢？十八世纪有个英国作家叫霍勒斯·沃波尔，他曾经说过一句名言："对思考者而言，世界是一出喜剧；对感受者而言，世界是一出悲剧。"当我们想起"花开花落两由之"诗句的时候，我们可以用自然规律的理性认识来静观宇宙的劫数，虽然不乏悲伤，但世界可能此时是喜剧；当我们吟诵"春花秋月何时了，往事知多少"的时候，我们只能沉痛地领悟到，在永恒自然映衬下人生必然显得如此短暂和脆弱，世界因而就是悲剧了。当然这样思考肯定是把人简化了。因为我们既会思考，又会感受。美国作家约翰·欧文在他的小说《独居的一年》中，引用了这句话，接着写道："但对那些兼具理性和感性的人来说，现实世界是悲剧。只有那些幸运的人才会觉得它是喜剧。"同学们，我希望你们正是这样幸运的人。争取成功，理解失败，事功的成败本身并不重要，我祝愿你们在未来的人生旅途中感受快乐！

再见,范之先生
——胡范铸教授荣休仪式致辞

我们国汉院其实是为华东师大带来最多光环的院系之一。我们的专业排名,软科上为 A+,排第二。本来中文学科作为一个整体,软科一直排第四,现在分开后,只能排后面去了。我们国汉院还有两位大宝,我怀疑这两位大宝教授是整个华东师大最著名的教授,一位是毛尖教授,另一位就是动辄在话语生态研究公号上发表"十万加"文章的范之先生,其实就是胡范铸教授。胡老师在非正式场合,都说自己在胡说,但是在公号上发言就成范之先生了。

我认识胡老师已经很久了,虽然不记得第一次是什么时候,但是记得一些最初的对话。我说你这个人呢,往好处说,古貌古心,往坏处说呢,有点蛮夷后代的意思。他回复说,我姓胡,当然就是胡人了。我又说,想当年,我在六楼,你们编辑部在七楼,我把稿子放在那里,就没下文了。他说,你交给谁了呢?交给我就不会了。这话说得气场比较强大,一般人要谨慎得多。所以,一看就知道他是个性情中人。因为是个性情中人,他就会经常说一些真话,也不管别人听得舒服不舒服。所以,作为一个有魅力的人,很多人特别容易被他所吸引,但也因此有人不喜欢他。但是,孔子骂人乡愿,说是德之贼也,不得罪人的好好先生在中国是比较普遍的,从这个方面来说,胡老师有许多值得我们学习的地方。

胡老师的汉语修辞学或社会语言学之类的研究,我完全不懂,不敢评论。但是他显然是一个一流的编辑。他并不追求为了引用而引用,而是谋求学术质量和学术引用（量化指标）的统一。我经常向别人推荐胡老师的编辑经验，当然，其实不容易学习。他隔三岔五就向他认可的专家学者催索稿件，并且让你产生对他的歉疚心理。资浅的编辑约稿不会给人带来稿债压力，资深的编辑又不会像他这样自称农民工、放下架子来催稿。

胡老师对我来说最重要的事情，还是他对国汉院的选择。早些时候我在中文系的时候，询问他为何不转到中文系，而为对外汉语学院效力。他顾左右而言他，大概意思是觉得中文系对他还不够好。大概前年，我说动他从编辑部转到国汉院，壮大了我们的声势。胡老师如今的荣退，是我们国汉院的一个巨大的损失，它可能标志着一个辉煌时代结束的先声，因为胡老师领退之后，接下来我们还有数位著名教授陆续退休，我不知道需要我们努力多久，才能弥补这些教授的退出留下的学术真空。不过，话说回来，胡老师在与我们国汉院长期合作中，除了他本身的卓越学术贡献之外，还指导了许多优秀的学生，这些学生有许多就在国汉院任教。刚才发言的张虹倩就是其中一位。我不知道是不是可以不太严肃地预言：胡老师虽然走了，但是留下了许多"人质"，所以他在退休后，也一定会继续支持国汉院。当然我们其实都知道，即使没有所谓"人质"，考虑到跟国汉院的感情，胡老师也一定会继续为国汉院站台的。

好了，我说的已经太多了，最后，请允许我代表国汉院的班子，恭祝胡老师身体健康，心情愉快，洪福齐天！

2 0 2 3

天才总是成群而来
—— 在王安忆、余华对谈会上的致辞

尊敬的王安忆老师、余华老师,尊敬的老师们、同学们、朋友们:

早上好!我在哪里听到一个说法,连续三天睡眠不足六小时,智商会暂时性损失三分之一。这可能就是说的我现在的情况。毛尖教授对我的致辞,多次表达了不切实际的期待,要求我激情澎湃,整点幽默,再兑点理论,这样的命题作文挺难的,所以我要预先向她请求原谅,我眼下的智力状况显然会让她失望。当然,毛尖教授对我的期待是有充分理由的。这两天,网络上到处都是同学们彻夜排队领本场对谈会的图片,我们闵行校区的同学们占据了办公大楼九层楼的走廊,他们一夜无眠;而我们中北校区的孩子们更是在丽娃河畔的料峭春寒中、在月色笼罩中,等待着次日八点半幸福的领票时光。这些被自己父母千怜万爱的孩子们,他们的文学热情与阴寒天气进行了艰苦卓绝的搏斗,我们绝不应该辜负他们。所以我无论如何也要抖擞精神,鼓足剩余的三分之二智商,演好我的捧哏角色。

其实岂止是这些孩子们呢?我在上海生活了二十多年,竟然从来没有机会近距离接触过上海作协主席伟大的王安忆老师。有一回,我在华山医院看牙科。医生我托大一点说,也可以算是我的朋友。当我偶尔提到王安忆的时候,她漫不经心地说:安忆啊,那是我的多年好友,想见她吗?什么时候约她一起吃个饭就好了。听到这话,我有一种价值千万元的彩票立等可取的脑电流冲击的瞬间快感。十八年前,余华老师的《兄弟》出版之际,我有一个出版了《兄弟》的出版界兄弟，告诉我说，余华是我的兄弟，什么时候他来了，喊上兄弟你，一起喝一个！我觉得吧，欲望得不到满足的时候，那是长恨歌；而此时此刻，欲望得到满足的时候，毛尖才是我的兄弟！

钱锺书有个故事大家应该是熟知的。有位他的粉丝求见，他答复说，如果你觉得鸡蛋吃得很好，又何必看生蛋的鸡呢？钱锺书不光是精通古文，他还精通四五种欧洲语言。我简直不敢说他是错的。但是呢，如果他是对的，那么我们济济一堂的王安忆、余华的粉丝们，岂不都是错的么？这样想呢，我就觉得本雅明的灵氛理论有点道理。我们不妨认为，一个事物的灵氛，就是在其中自然得以把自身传达给人、人得以把自身传达给上帝的那种具有直接性的东西。很抱歉，这话说得有点玄乎。通俗一点说，灵氛就是存在于此时此地、独一无二、不可重复、具有某种神圣性和神秘性的东西，也就是不能被 ChatGPT 取代的东西。所以呢，当我们能亲眼目睹二位大作家的举止神态、亲耳聆听他们的哲思睿语的时候，我们就感受着一次美妙神奇的经验，我们对这样的内在经验莫可名状，只能说如其所是。当然我们必须要假设现在在我们这里的确实是王安忆、余华老师的真身，而不是替身。话说回来，政治家有替身时有耳闻，作家有替身的还暂时闻所未闻。

很抱歉，我在把灵氛的说法通俗化的时候，可能往庸俗化的方向上多走了一步。本雅明认为，自从亚当夏娃偷吃了禁果以来，人类已经堕落，词与物之间的浑然为一已经开始断裂，也就是说，那保全着灵氛的命名语言已经开始贬值。我再次庸俗化一点说，他认为现代社会的灵氛已经走向终结。但好消息是，灵氛以某种碎片化的方式残存在文学和艺术之中。换句话说，文学可能为拯救已经异化的世界带来了些微希望。但是这一希望并不是以真善美相统一的乌托邦形式存在，而是以崩溃的、否定的也就是反浪漫的形式存在。当然，我们是已经进入小康的社会主义国家，本雅明对物化的资产阶级社会的批判并不能简单照搬过来。但我们毕竟还没有进入共产主义社会,不能说我们已经达到了完美之境。因此本雅明的灵氛理论依然可以具有一定的参考意义。在我看来,王安忆、余华对苦难的文学书写以美丽的汉语,以本土化方式呼应了本雅明的救赎期待。

上个世纪末,我曾经做过一篇博士论文,论证文学正在死去。今天,当我得知眼下这场对谈在闲鱼网上已经卖到八百甚至一千五的高价,当我看到台下这么多充满着渴望和激情的年轻人,我很高兴地意识到,文学其实还活着。是的,很多文学青年是来追星的,但星与星之间还是不一样的,演员和体育明星难免弥漫着商品的灵氛,但作家则带领我们回到事物确定性之前的状态,带领我们亲近天香,亲近此在的真理。前者会催眠我们,让我们迷失在美丽的幻象之中;而后者会将我们的生活加以问题化,引领我们走向批判性沉思。

王安忆、余华显然站在当代汉语文学界的最前列。

人类学家克虏伯曾经说过，天才们总是成群而来。五六十年代出生为主的作家们群星璀璨，共同创造了新时期以来最波澜壮阔、最丰富多彩的文学画卷。但无论他们如何伟大，很难说他们已经穷尽了汉语书写的可能性。过去，华东师大曾经涌现过许多杰出的作家，素有作家群之称。我是八二级的。八一级有个刘勇，后来成了格非，八三级有个李荣飞，后来成了李洱。就我一直叫朱国华。能得到的最大光荣，无非是为伟大的作家站台。我早上听说，来听这场对谈会的黑市价已经高达二千五，我不知道我这个致辞的机会假如可以出售，可以赚到多少钱。八十年代初我读大学的时候，我们的文学社团曾经请到王安忆老师来华东师大做演讲，我还记得发出过幼稚的提问；而余华老师幽灵般的身影，上世纪九十年代经常出没在夏雨岛和丽虹桥之间，这也成为文青们津津乐道的美谈。两位作家对华东师大文学事业的扶持帮助，并非始于今日。王安忆老师、余华老师，感谢你们！今天，我们华东师大的中国创意写作研究院试图培养出新一代华东师大作家群,而毛尖教授领衔的远读批评中心则愿意跟中文系的老师们一道,致力于为文学新秀们培土浇水。我们华东师大文学季以这样崭新的方式开启,很难不让我们对文学的未来繁荣产生了新的憧憬。李强总理希望我们今年的经济增长可以达到5%,我希望我们的文学增长要强于经济增长。

感谢华东师大人文与社会科学研究院、华东师大宣传部、华东师大文化建设委员会的大力支持!很少听说有什么盛会能惊动这么多学校部门,但是二位大作家成就卓著,值得如此郑重对待!按照布迪厄的思路,其实爱豆追随粉丝的程度至少不亚于粉丝对爱豆的追求,这是因为粉丝对爱豆的信任和委托才是理解爱豆与粉丝之间关系的关键。感谢老师们、同学们的热情参与!作为二位作家的粉丝,你们其实也是今天对谈会的主角!好了,现在,我的砖已经抛完,该等到两位玉人隆重出场了!谢谢大家!

创意写作的可能性
——"新文科背景下中国创意写作学科发展"研讨会闭幕词

会议开到现在,还能有这么多人在支持,大家支撑着疲惫的身体让我来结束这一切,我很欣慰。贵良让我做个总结,但从早上九点到现在,各路神仙各呈风采,可称为话语的盛宴,我算是胡吃海喝了一天,消化上有点困难。所以我就自作主张,放弃总结的任务,就随便说点自己的感言。评论家何平教授说,上午给他印象最深的话,是王尧老师说,上海这地方在文学事业上出现过两个联盟。一个是左联,一个是今天这个联盟。何平老师评论说,这个判断意义丰富。

我的理解比较狭隘，就是认为在王尧教授看来，我们这个联盟意义重大，将会在未来的中国文学史上留下浓墨重彩的一幕。上午我又听作家张生说，今天发言的许多文学人，其实许多话语都太文学化了，意思是有点不可靠。我当然不是想把这两个人的意见结合在一起，就变成了王尧教授认为我们创意写作联盟具有媲美于左联的重要性这个判断不可信的意思。王尧先生既是作家又是批评家，我觉得这话有一种反讽的效果。意思是，希望联盟很重要，但是不确定能不能最后起到重要作用。如果是这样，这样的反讽就对我们提出了一个严肃问题，就是我们联盟该如何运作，才能发挥重要意义。

我想，在讨论联盟的意义之前，我先表达一下创意写作的几种可能性的理解。第一，创意写作有点类似于蓝翔技校那样的性质，服务于社会需求，培养的是文学工人，比如编辑、广告人、电影编剧甚至婚礼台词的撰稿人，诸如此类。我担心的是这一种性质的应用型人才，会不会随着 ChatGPT 的成熟，被边缘化。第二，创意写作跟大学生的写作训练结合在一起。美国许多一流大学的大学英语写作是一个持续时间很长的训练，如果中国也可以是这样，它可以与大学语文的教学结合起来。这是我个人的期待，并不是很容易进入实际操作层次。第三，创意写作联盟确实是进行精英培养、以未来作家的孵化器为范式的一个机制。但是大家都知道，作家是培养不出的，这样的事情是否多此一举？第四，创意写作可以被视为一个文化的保留地。我的意思是说，真正的伟大文学提供了理性、常识所无法穿越的盈余，文学是既在世界之内，又在世界之外的他者，它的存在，就世俗而言似乎具有炫目的光环，但究其实质是脆弱的。那些光环是许多因素之后的产物，例如余华比李洱更受追捧，可能是前者文学成就更大，但也可能是因为余华在市场化方面有李洱远远赶不上的地方。真正的文学精神总是与世俗格格不入的，因此需要有一个体制为它遮风挡雨，为他提供保护。当然，我其实对此事有点悲观。许多理工科的人并不认为人文学科或文学艺术有多大意义。我前不久在成都举行的一次各学科长江学者论坛上跟几位工科教授交流，这几位长江学者都没听说过余华其人。文学的需要是一种高层次的精神需要，许多人意识不到存在着这样的需要。

这是我想到的四种可能性。毫无疑问，创意写作的可能性远远不止这么多，我的分类也未必精准。但是不管怎么说，我认同何平教授的思考，认为创意写作联盟应该立足于广泛的办学实践展开讨论，为创意写作的发展提供决策思考，如果不是指明方向的话。创意写作联盟应该成为中国的创意写作的大脑，它应该成为一个集体性的反思机制，并且与时俱进。

仁者不忧
——华东师范大学国际汉语文化学院2023届毕业典礼致辞

各位同学、各位家长、各位老师：

早上好！首先，请允许我代表华东师范大学国际汉语文化学院，热烈祝贺各位同学完成学业，顺利毕业！

每年站在这里，我都如履薄冰，战战兢兢。一个多世纪前，卡夫卡写信给他妹妹说："我写的不同于我说的，我说的不同于我想的，我想的不同于我应该想的，如此下去，直至最晦暗的深渊。"其实同样，在我们这个不确定的时代，我想要说的话越来越多，但是我能说的话越来越少。我张口的时候，总觉得空虚，因为常常言不及义；而我沉默的时候，也并不觉得充实，我常常因为不能仗义执言而心怀愧疚。我不知道什么时候哪一句话说得口滑，就会被网上的好事之徒断章取义，自己就会堕入幽冥的深渊。

我最近一直听说，在进入新时代新征程之际，等着我们的是浪急风高甚至惊涛骇浪。如果时代向我们提出了极限思维的要求，我当然会隐隐然担心，将有什么大的坏事情发生。现象级灾难其实已经发生过了，比如新冠疫情。我曾经 too simple too naive 地相信，该死的瘟神被送走之后，我们的经济会迅速逆转，超越三年前的发展水平。但很遗憾，现实很骨感。国家统计局的数据表明，今年四月，二十四岁以下的青年人失业率突破了 20%。即便是我们国汉院，就业率也不再能回到原先百分之百的那种持续辉煌。虽然我深信，诸君未来肯定会幸运地摆脱灵活就业的命运，但很可能我们的微薄薪水配不上我们的消费激情，我们的工作条件配不上我们的事业雄心。如果内卷的竞争过于残酷，如果996的压力让人处在崩溃的边缘，我们有什么资格谴责人们把小确幸当成人生的大目标呢？两个多月前，一位出租车司机告诉我，网约车太多，他们已经没有什么客源，如果不将工作时间延长到极限，比如十二小时甚至更多时间，就无法在缴纳公司管理费之外有所盈余。他告诉我，有一次他在高速路上看到一位出租司机边慢吞吞开车边打瞌睡；他还告诉我，有一次由于解决内急而来不及按规定停车，被罚款二百，他忍不住号啕大哭。也许，这样的悲剧日常只是发生在小部分人身上的极端。但是，展望未来之路，有几人能够鲜衣怒马看遍繁花？又有几人能"任凭风浪起，稳坐钓鱼台"？李白曾经慨叹《行路难》："欲渡黄河冰塞川，将登太行雪满山。"谁能向我们保证，这样的人生浩叹我们可以无需重演？

很抱歉，在同学们庆祝毕业的大喜日子里，我不合时宜地跟大家说这些令人不快的事。我当然祝愿而且相信所有的同学会前程似锦。但不管怎么说，忧患意识是我们这个民族精神血脉的一部分。作为一个文学从业人员，我认为文学的优点在于提出问题，而缺点在于它不负责解决问题。但如果我们作为书生不能进入社会机制内部，不能现实主义地解决"悲凉之雾遍被华林"的宏大问题，我们依然可以积极地考虑解决个体的焦虑问题。这里我斗胆推荐的一款疗治时代忧郁症的药方，或者一道让人安身立命的心灵鸡汤，就是孔子的教导：仁者不忧。这个命题简单来说就是，无论穷达，尤其是万一我们处境窘迫，我们还是要坚持做一个仁者，由此我们试图达到不再焦虑的境域。讲到这里，我要嘚瑟一下，我去年获评了上海市"四有好教师"的提名。虽然是个提名，当然意味着我还有很大的努力空间，但重要的是，我欣喜地发现，"四有"中的"一有"即"有仁爱之心"，如今是党和国家所提倡的积极价值。

在我未成年的时候，孔子是孔老二，仁爱是被批判的东西。老师告诉我们,元宵节的灯会活动,是宣扬封建迷信的活动,应该予以无情打击。我就同小伙伴,捡了一些瓦片,看到比我更小的儿童兴高采烈地拉着兔灯,就商量好了一起投掷瓦片,迅速逃跑。然后躲在远处,看到焚烧的兔灯和孩子哭泣的声音,顿时就有点后悔,但内心另一种声音很快制服了我:我的革命意志不够坚定,不能压倒小资产阶级的人情。老师教育我们,要严防坏人坏事,遇到形迹可疑的人要汇报。有一回我在如城的北门大桥上看到一个人鬼鬼祟祟,时不时东张西望一番再低下头做些什么。我心惊胆战地跟踪过去,突然发现有一股轻烟冒出来了,我立刻意识到阶级敌人试图炸毁大桥,于是不顾一切,一个箭步扑过去,结果发现并没有发生同归于尽的爆炸事件,人家其实是在吃烤红薯,他只是吃东西不想被人发现。

这是我童年时期对社会世界的感知方式。不过,对陌生人的普遍怀疑,不一定始自当代。明人洪应明

《菜根谭》中有一句名言"害人之心不可有,防人之心不可无",就表达了这层意思。我们的处世哲学好像是,假如你敬我一尺,我敬你一丈;但假如你对我并无滴水之恩,我又何必对你亲近信任?当然,我这里绝不是说,对于境内外敌对势力,我们还可以假以辞色;敌人来了有猎枪,对他们我们要勇于斗争、善于斗争。但是,如果我们想构建和谐社会,想把我们的朋友搞得多多的,敌人搞得少少的,我们就不必每一分钟都绷紧神经。即便在烽烟四起的春秋时代,孔子还要求弟子们"泛爱众而亲仁"。即便命途多舛,陶渊明还吟诵出"落地皆兄弟,何必骨肉亲"的诗句。我时常会想,如果一个社会对立加剧、戾气横行,如果容错率降低、极端事件频发,撇开其他原因,是不是也因为我们遗忘了先贤们关于仁爱的叮咛呢?

那么,什么是仁爱呢?孔子说的"吾道一以贯之"的道即仁,也就是忠恕。根据传统的解释,忠是中和心的合成,朱熹说"尽己之谓忠",就是《礼记·大学》中讲的诚意正心，换句现代的话说就是守住我们的初心；恕，是如和心的合成，朱熹说"推己之谓恕"，不是指宽恕，而是指"己所不欲，勿施于人"、推己及人，这让人油然想起康德著名的绝对律令："你要这样行动，就像你行动的准则应当通过你的意志成为一条普遍的自然法则一样。"

但是，在人的本性中，利己的冲动远比利他的愿望要强烈得多，因此，仁的实践似乎是难的。如果我们看过韩国的电影《寄生虫》，我们大概会得出这样一个结论：就是家里有余粮的地主，比处在窘迫的生活压力之下的底层人民更容易好善乐施。但这并不是孔子的看法。孔子说："仁远乎哉？我欲仁，斯仁至矣。"我们未必有能力改变外部世界，但仁爱，我们依靠自己的主观意志还是可以接近的。孔子赞扬他首座弟子颜回的话我们大家都是熟知的："一箪食，一瓢饮，在陋巷，人不堪其忧，回也不改其乐。"对仁者而言，不仅贫贱不能移，而且履仁蹈义本身还能获得至乐。根据新儒家徐复观先生的说法，仁者之乐，来自于义精仁熟，来自于对社会责任的慨然担当，来自于"仰不愧于天，俯不怍于人"的挥洒自如，来自于生命力量的跳跃与升华：因为在践履仁爱的过程中，人的精神超逸出身体自然的约束，而与天地万物融为一体，从而自己的心性境界得到扩大，自己的生命也得到了安顿和圆满，这就是为什么孔子会说"吾与点也"，为什么会告诉我们"仁者不忧"。

但仁者的果位，连孔子也自认为难以企及，那为何我还要向大家提出这样似乎不切实际的建议呢？我想引用朱光潜先生的一段话：圣·奥古斯丁的一个门徒波林纳斯敦促诺森布利亚国王爱德温改宗基督教这种新的信仰。国王召开一次会议，问计于他的谋臣们。其中一人直言道："王上，人的一生就好像您冬天在宫中用餐时，突然飞进宫殿来的一只麻雀，这时宫中炉火熊熊，外面却是雨雪霏霏。那只麻雀穿过一道门飞进来，在明亮温暖的炉火边稍停片刻，然后又向另一道门飞去，消失在它所从来的严冬的黑暗里。在人的一生中，我们能看见的也不过是在这里稍停的片刻，在这之前和之后的一切，我们都一无所知。要是这种新的教义可以肯定告诉我们这一类事情，让我们就遵从它吧。"

我不是基督徒，当然不会规劝大家皈依基督教。作为无神论者，我也不相信基督教能给我们带来某种坚实可靠的确定性。但这里的道理是一样的：前面的道路究竟如何，我们是茫然无知的。但如果我们立志于做一个仁者，我们可以无待于外物而追求内心的澄明和对他人的关爱，我们就在一个不确定的时代为自己树立了确定性，这不再是小确幸，而是怀抱信念的大欢喜——是否达到仁者的某种段位并不重要，重要的是我们有仁爱的大方向。由此，我们也战胜了焦虑和烦恼，我们可以不怨天、不尤人、不疑惧、不忧郁。孔子说："知者不惑，仁者不忧，勇者不惧。"

同学们，祝福你们！谢谢！

寻找现代性的他者
—— "意义-地方"学术研讨会致辞

尊敬的诸位专家教授、师友同学:

各位早上好!

站在这里,我有点罪恶感。前天,冯黎明教授给我发布指示,让我致个词。致辞这个事情,是我既非常害怕,又不得不在各种压力下经常干的事情。我就问他,为啥让我致辞?他说查看了一下会议议程,我既没有提交论文,又没有安排上主持评议啥的,剩下的任务就只有致辞了。这话听起来就像是,我们一群人上火车,我动作迟缓了一点,带头大哥就说,我们这里二等座一等座都没了,只能劳烦你坐商务座了。黎明教授其实是在为我开脱,因为我另外有一场活动跟今天这个会议时间上冲突,如果两边都想蹭一下,那么两边都要舍弃一点。我只能在今天上午发言,然后赶飞机奔赴另一场。感谢黎明兄为我解除困境。但致辞总要有个由头吧?我就问他,我代表谁致辞?他说,除了代表与会人员,还能代表谁?所以,各位参会的老师们,我就厚颜代表你们了。这当然没有什么正当性和合法性,但天底下更严肃更重大的事情没有什么正当性和合法性但也明火执仗干着的,也多得很。所以呢,就恭请大家就闭上眼睛,捂上耳朵,暂时忍一下。

我说两个意思,一是感谢湖北民族大学以张宏树教授为院长的文传学院,感谢以冯黎明教授为核心的团队愿意邀请我们到恩施来。恩施,倒过来不就是施恩么?施恩不是什么伟大人物,却是我在《水浒传》中喜欢的人之一,是邻家兄弟那样让我们感到亲切的人。我理解邀请我们到这里来,其实就是对我们的施恩。这是因为,我一直听说,恩施山水甲天下。我有个老哥,一直对我承诺说要请我来这里玩,他说在我方便的时候随时请我来,保证让我极视听之娱。这位兄长虽然是一个非常诚恳的厚道君子,不过抽象的邀请终究不如具体但粗暴的时间指定有效。我猜想各位到恩施来饱览祖国的大好河山,增加爱国主义感情的强度,这样的愿心,跟我一样是有的,所以我这里就斗胆替你们表达一下真诚的感谢。各位同意我的话,不妨用掌声表示一下。

还有一个意思,是要赞美一下会议的议题。我在中国文艺理论学会秘书长这个位置上干了十几年,这个学会主要的事务就是负责开会。每次开会的议题都是一个挑战。只有设置得大而空,才能让所有人都有话可说,但结果却会造成实际上的无主题变奏,导致学术对话的无效。我们这个会议议题更具体、明确,也就是专业化程度更高,吸引了对此议题确有想法的学者参加，这会真正提高会议学术交流水平。其次，地方性知识、情感、价值、文化或视角，在我们这个时代一方面被全球化的逻辑压抑了，并常常以被它兼并的方式重新粉墨登场，例如被普通话殖民的恩施话，发的音是恩施话，但是词汇却成了普通话词汇；另一个方面，它又作为全球化的他者，作为抵抗力量，获得了一个激活的机会。我本人，是对后者尤其感兴趣的。我关心的是，在许多地方例如我们这个小地方恩施，是否可以找寻到一种现代性的他者，拒绝被普遍性文化所收编，并正因为这样的坚持，才能对全球性文化产生更大的贡献。就此而言，在全球化遭遇到重大危机的今天，"地方的意义"这一命题也许能给我们带来某种意想不到的启发力量。当然，这是我一厢情愿的期望。各位被代表的朋友们，至于你们信不信，反正我是信了。

期待大会开得生动有趣，严肃活泼。谢谢！

文艺理论前程远大
——中国文艺理论学会第十六届年会致辞

各位老师、各位朋友：

中午好！感谢陈剑澜教授为首的人大文学院，感谢常培杰、陈丹二位老师为首的会务组！正是他们的辛勤工作，才能让我们中国文艺理论学会在美丽的姑苏古城成功召开本届年会。我听说，培杰为承办本次会议已经连续熬夜两周，甚至缺席了自己孩子满周岁的庆祝家宴，真是特别感动。请大家给点掌声，表达对他们的真挚感谢！

坦白地说，我今天当选会长，并不特别吃惊。这是一个"蓄谋已久"的事情。大约四年前，南帆会长命我同意把自己列为副会长的候选人，参加换届选举。我试图婉言谢绝，因为我觉得自己在各方面还不够格，觉得自己资历尚浅；但南帆会长一改平日轻松平易的神情，以郑重的口气跟我说："我并不是跟你在讨论，是在给你发出一个通知：要么你接受我的提议，那我们一切好商量；要么你拒绝我的建议，那我现在就辞去会长的职务。"我们都熟知，南帆先生是中国当代一流的文艺理论家、文学批评家和散文家，但我们可能会经常忘记，他其实还是一位级别不低的官员，嗯，副省级，古代的正三品大员。然而他没有丝毫的官僚气息，也未曾采用官场的游戏规则来经营我们的中国文艺理论学会。这也侧面证明了，南帆先生具有某种清虚自守的精神气质，会长的职务对南帆教授来说，是荣誉，但也是变得越来越繁琐的责任。他早早就选择了我，并等待我看上去成长到多少让人放心的时候，不容置疑地交棒与我。这里面的高风亮节之处，包含着种种复杂难言的境况，令人感佩。我们还是举个能说的例子吧：我们秘书处起初还诸事请教会长，到后来，因为效率的关系，我们基本上就不去请示了——这位会长对我们的任何请示都是同意的，还需要请示干什么呢？尽管经常越俎代庖，有犯上之嫌，但是南帆会长从来不会为此介怀，从来没有产生因为自己权力被架空而产生的愤怒；而且遇到较大事情发生的时候，他却总是发出及时且重要的提醒。多亏这位船长的引导，我们学会这艘船在航行过程中，从未遭遇过任何暗礁和险滩。南帆教授的睿智在我接触到的中国当代知识分子当中是十分罕见的，但是更罕见的是如此宽阔高远的胸怀。谢谢南帆会长！感谢他这么多年来，始终站在战略高度对我们的成功领航！当然，南帆会长之外，理事会全体成员给予了我极大的鼓励和加持，更不用说，我也充分认识到，今天我能顺利当选，也归功于你们一张张的选票！谢谢各位理事对我长期的信任和厚爱！

中国文艺理论学会会长是一个文化资本非常丰厚的荣誉。我学疏才浅，难免有德不配位的惶恐。好在我们文艺学圈子说小不小，但说大也不大，理事们基本上都是我的师友。记得十多年前，我们学会在南京开理事会，涉及换届选举。会议上出现了一些争论，数种声音相持不下。在这个关键时刻，当时学会副会长、华东师大文艺学原负责人方克强教授说了一段话，大概意思是：我们学会虽然是国家一级学会——它存在的合法性来源于主管部门教育部和登记部门民政部，但说到底毕竟不是一个官僚机构，而是一个民间色彩浓厚的宽松的学术组织，重要的是彼此之间在学术交流之中增进友谊、获得快乐，说白了也就是有个平台，大家一起玩玩的。学术活动也可以理解为一种高级的智力游戏，值得我们以巨大的热情进行严肃地投入。严肃地玩，要是变成了玩得太严肃，那就不好玩了。换句话说，严肃地玩，就是认真地专注地玩，也就是进入学术内部、依照学术本身的游戏规则进行缜密思考和自由讨论，从而享受学术游戏的快乐；玩得太严肃，就是把游戏的结果看得太重，就是从学术外部对游戏进行各种考量，那就失去了学会之所以成立的本意了。记得当时所有的理事听了这一番话，就搁置了争议，很快达成了共识。很抱歉，方老师的原话我不可能都能记住，肯定有自己不靠谱的发挥，我显然用布迪厄的术语歪曲了方克强教授睿智的话语。但这不重要，我这里想要强调的是，我们希望我们学会的活动，能够一直保持对学术初心的忠诚。

昨天开始，江南地区寒风凛冽，从季节上看，秋色越来越浓，实际上已经立冬了，但是，从本次会议参会情况来看，报名人数之多，似乎创造了学会成立以来的新记录。达到了五百二十余人的数字。人大会务组克服各种限制条件，迎来了二百四十余人的参会者，可谓盛况空前。今年早些时候我在学会新当选的副会长曾军教授主管的《上海大学学报》上发表了一篇文章，对我们专业做了一点批判性反思。但在本次年会上我们看到了文艺学从业人员澎湃的学术激情，不知道这是否对我的文章本身构成了反驳。显然，文艺理论前程远大。

最后，我愿意庄重承诺，我会兢兢业业，为中国文艺理论学会贡献我全部的绵薄之力！我期待，在各位会员的帮助和支持下，我们中国文艺理论学会越办越好！祝愿我们的文艺理论事业蒸蒸日上！

后　记

我从小缺乏自信，这大概与我在家所处的位置有关：我们家连续三代，男丁都是单线相传。我上面有两个姐姐，这样，在难掩男权中心气氛的家庭中，一方面我得到了类似珍稀动物那种受保护甚至恩宠的特殊待遇；但另一方面，因为毕竟年龄上敬陪末座，又在一定程度上被剥夺了"政治地位"，也就是说，我无论说什么，都被假设为无足轻重，不值得认真对待。这与贾宝玉在贾府中的位置具有结构上的同源性，虽然他来自于钟鸣鼎食之家，而我身居白屋寒门，找不到哪怕一位值得夸耀的有功名的先祖。因此，从小我的自我期许就是不登大雅之堂的小人物，从未指望自己是登高一呼就会群情澎湃的广场英雄。相反，如果我在一个群体里置身边缘，不为人所知，我倒犹如小鱼在大海一样，感到自由自在。实际上，我在稠人广坐之间，要做任何正式一点的公开发言，就会心跳加速，神色仓皇，张口结舌，内心马上跳出另外一个小我，残酷无情地在旁边进行否定性审查，宣判我说的一切都毫无意义。我不知道韩非行文的流畅雄辩是否对其人的期期艾艾是一种补偿，但至少对我而言，书面表达可能意味着我重拾信心的救命稻草。

七八年前，我承乏华东师大中文系系主任，此后又转任国际汉语文化学院院长，这样的可能变成了不断重演的现实。为了避免即兴发言极可能出现的语无伦次，我每次致辞前都写好了讲话稿。根据德里达的意见，在人类历史上，书写符号长期以来都被语音中心主义的神话所压制。人们相信，说话是一种时间性的过程，每个字、词、句，作为活生生的精灵，甫一发出，即被历史的黑洞立即吞噬。即便它们能被最优秀的记录员无一遗漏地忠实捕捉，也会失去其具体性、独特性、鲜活性亦即全部在场性——恰如标本老虎永远无法还原真实老虎的音声、速度、气息、体温、神情、步态，以至于森林之王的威猛气概——而存留下来的语言，不过是精气神已经寂灭的干枯陈迹，用庄子的话来说，"糟粕"而已。但互联网制造的话语事件之一是，它允许我们的致辞至少以两种方式得以呈现：一次是在场的讲话，再一次是新媒体世界的文字表达。因为后者可以摆脱时间的限制，允许读者在任何时间反复阅读，更重要的是，它突破了讲话场地的空间限制，可以面向全球的网友传播，这反而让它有机会获得更广泛的影响。不知道从什么时候开始，在毕业季之际，院系负责人乃至大学校长的典礼致辞每每变成了微信圈每年一度话语秀表演，受到了网民的关注甚至追逐。但是人们未必十分在意一定要在场聆听这些人物的讲演，现代数字技术让我们可以延后阅读并以在朋友圈持续转发的方式进行传播。这样，文字书写似乎拥有了击败语音中心主义的机会，尤其对我来说，我可以避免展现不够流畅悦耳的声音，以及不够优雅端庄的台容。伴随着肉身的消失，抽象的文字反而获得了自身的自主性，拥有了属于它自己的历史和生命，无论这些文字未来的存活会有多么短暂。2016年我在华东师大中文系做第一场毕业典礼讲演后，主管中文系微信公众号的徐燕婷女史气喘吁吁跑来告诉我，该致辞阅读量已经破万。我至今还记得她那时的惊喜神情。当然，即便阅读量达到了"十万加"，相对于十几亿的中国国民来说，这个数字几乎也可以忽略不计。但对我来说，我的致辞获得的诸多赞许其分量之重，足以构成让我难以遏止的写作动力：从此以后，我就在这种动力的催逼下向我们的毕业生们（有时也许不限于他们）反复陈词，申说我对社会世界的理解，对未来图景的展望，以及对他们可能不得要领的期待和建议。这样年复一年，积久竟然有了十余篇。

今年某个仲夏之夜，文贵良教授招饮，座中有孙甘露、毛尖等大作家，亦有阚宁辉、王为松和李伟长等诸多出版界名公巨卿。席间有人提及我即将出版的一册随笔集，其中包含这些致辞。他们众口一词的看法是，致辞集最好单独出版，随笔集可以延后再作道理。编辑余凯先生认为，为了强化致辞的多元化色彩，除了开学或毕业典礼上的演说，不妨加入其他公开场合发言的内容。一个小册子如果只有庙堂庄语，那就可能显得过于沉闷寡趣，需要掺入一些谐语谑词，增加一点可读性。这样，我就增添了其他一些场合的致辞，从婚礼的证婚词到荣休仪式上的讲话。饶是如此，篇幅依然轻薄。于是我厚颜向两位好友华学诚与吴晓东教授索序，竟然得到他们的慨然允诺。他们二位一位专攻古代，另一位精研现、当代；一位是语言学领域的魁首，另一位是文学研究界的班头。两位序言其词采之华丽，立论之深远，读者诸君可自行观赏，自行研判，只是二位博雅君子对我颇多溢美之词，此为文人之修辞难以避免的礼数，自然当不得真。但拳拳之意，令我动容。

2024年，我即将进入自己的耳顺之年。致辞集的杀青，可谓适逢其时：对我来说，一个滔滔欲言的个人历史画上休止符的时刻应该已经到来了。我经常想起孔子的教导："四时行焉，百物生焉，天何言哉？"这对经常陷入忘乎所以境地而不自知的我来说，始终是一个有益的提醒。

感谢曾经给我带来过各种形式的温暖、关切的所有熟悉或者不熟悉的师友、同学和朋友们。

是为记。

图书在版编目（CIP）数据

天花乱坠 / 朱国华著. -- 上海：上海文艺出版社,2024（2024.3重印）
ISBN 978-7-5321-8885-7
Ⅰ.①天… Ⅱ.①朱… Ⅲ.①演讲－中国－当代－选集 Ⅳ.①I267
中国国家版本馆CIP数据核字(2024)第003900号

发 行 人：毕　胜
责任编辑：余　凯
特约编辑：史志航
封面设计：观止堂_未氓

书　　　名：天花乱坠
作　　　者：朱国华
出　　　版：上海世纪出版集团　　上海文艺出版社
地　　　址：上海市闵行区号景路159弄A座2楼 201101
发　　　行：上海文艺出版社发行中心
　　　　　　上海市闵行区号景路159弄A座2楼206室 201101 www.ewen.co
印　　　刷：上海盛通时代印刷有限公司
开　　　本：1092×787　1/32
印　　　张：7.125
插　　　页：5
字　　　数：94,000
印　　　次：2024年1月第1版 2024年3月第2次印刷
Ｉ Ｓ Ｂ Ｎ：978-7-5321-8885-7/I.7002
定　　　价：59.00元
告 读 者：如发现本书有质量问题请与印刷厂质量科联系　T: 021-37910000